Hisago Amazake-no
天酒之瓢
插畫／黑銀
當中隊長們準備行動時，
迪特里希跑進艦橋裡，
他全副武裝，一副隨時能
夠坐上幻晶騎士的模樣。
U0063200
騎士&魔法8
Knight's & Magic

艾爾的視線越過被摧毀而墜落的魔獸群，定睛凝視牠們背後的存在。
規模超絕的巨獸不斷放出怪異的詩歌，那才是敵人的首腦。
「汙穢之獸，接下來我們
將成為你們的災禍
……因此我將這架機體命名為
『災禍之伊迦爾卡』。」

推進器噴吐出火焰。
挾帶虹光與風暴，鬼神——災禍之伊迦爾卡開始飛翔。

當升降機一到達船艙，
周圍的團員們便一擁而上。
「噢噢！真的是團長！」
「艾爾！亞蒂也在！」
「好高大！那是女孩子!?」
「有、有四個眼睛。」

「……好了，覺醒吧。
真正的幻獸
『幻繰獸騎』！」
小王（奧伯朗）的嘴角抽動扭曲，如此宣告。

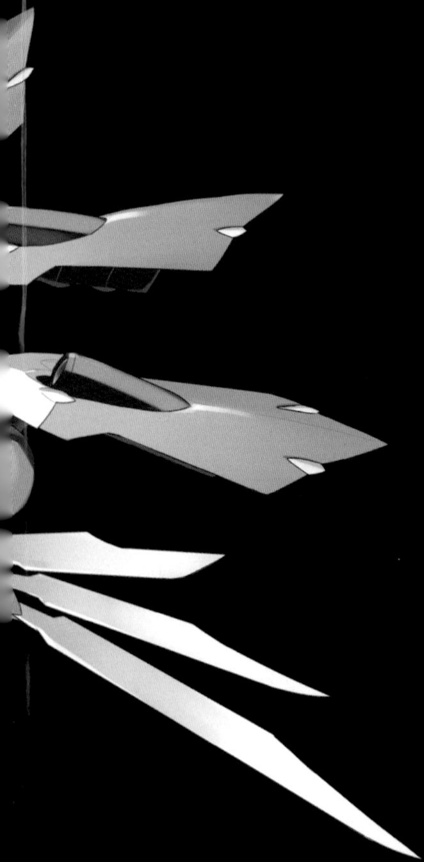

## spec

總高度／ 12.4m

啟動重量／ 35.0t

裝備／銃裝劍、執月之手、暴風外衣、
可動式追加裝甲、
連射式魔導兵裝、
開放型源素浮揚器、
魔導噴射推進器

## explanation

這是將伊迦爾卡與卡薩薩奇兩架幻晶騎士，以魔法方式連結成一架機體的狀態。銀鳳騎士團帶來的伊迦爾卡備用機體經過改造，變成裝載兩具普通的魔力轉換爐運轉的狀態。然而，伊迦爾卡正是需要『皇之心臟』與『女皇之冠』兩具大型爐提供的動力，才能正常運行的缺陷機體。普通的爐實在無法滿足它，也因此發揮不出全部的戰鬥能力。

上述缺陷在與汙穢之獸的戰鬥中暴露，使伊迦爾卡被逼入絕境。艾爾涅斯帝於是想出和卡薩薩奇合體以彌補欠缺能力的方法。

藉由多具魔力轉換爐和魔導演算機彼此連動，得以充分運用兩架機體上的所有功能。仗著本身在攻、防、機動上皆占有絕對優勢，本機成為敵人眼中名符其實的「災禍」。

# 災禍之伊迦爾卡 Magatsu-Ikaruga

— 主要搭乘者／艾爾涅斯帝・埃切貝里亞
亞黛爾楚・歐塔

# 騎士&魔法 8

Knight's & Magic

## INTRODUCTION

## 動畫大受好評！
## 漫畫第四集也發售了！

《騎士&魔法》ＴＶ動畫在各方給予的好評中落幕。

漫畫第四集也才剛發售。

小說第八集中，可謂第三勢力的小鬼族掌握著關鍵。

巨人、幻晶騎士和飛翔騎士將迎戰來襲的汙穢之獸。

一個巨大的影子逐漸覆蓋益發混沌的戰場，

並且不停散播恐怖瘋狂的旋律。那個壓倒性存在正是——

「接下來我們將成為你們的災禍，

出征吧，災禍之伊迦爾卡。」

當身纏暴風的鬼神正與詩歌魔王交手時，

撼動魔物森林的戰亂也即將迎來終結——！

（※此為日本放映&出版狀況。）

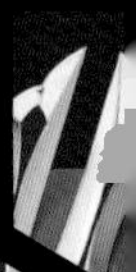

輕小說

L

# 騎士＆魔法

# 8

## 天酒之瓢

插畫/ 黑銀　譯者/ 郭蕙寧

illustration 黑銀

# 騎士&魔法 Knight's & Magic 8

## CONTENTS

# 序幕

曙光照亮山脊，驅趕了黑夜。『迪特里希·庫尼茲』吸入一口黎明冰涼的空氣，身體微微顫抖了一下。

從甲板上吹過的風，讓他的外套下襬隨之飄起，在這個沒有遮蔽物的地方飄揚。

「真的太衝動了……」

迪特里希乘坐的船並非在水上航行，而是一艘能在天上飛的驚人船艦。

姑且不論靠近地面的情況，只要高度逐漸攀升，周圍的氣溫也會隨之下降，更別說是在上層甲板了。

他沒來由地一大早就醒了過來，很快便開始後悔自己為什麼不再睡個回籠覺。

「不過現在說這個也太遲了。『博庫斯大樹海』……這幅景色也差不多看膩了啊。」

黎明的陽光慢慢令森林的樣貌顯露而出。

俯瞰的視野被一片寬廣遼闊的綠意填滿。

——『博庫斯大樹海』，這裡是拒絕人類活動的魔獸樂園。

過去曾吞噬許多騎士，被視為弗雷梅維拉王國的禁忌之地。

「老大說在森林邊緣碰到『那些傢伙』，會不會就是這裡？」

蓊鬱繁茂的樹海盡頭，有一道隆起的山脈阻擋在前方。看似無邊無際的大樹海也產生變化。

「我們那小小的騎士團長……在這裡戰鬥過，然後墜落了嗎？」

團長搭乘的飛空船——銀鳳騎士團旗艦『出雲』，曾作為第二次森伐遠征軍的先發部隊前來大樹海調查。

在這裡，他們遭遇前所未見的強敵，於交戰中失去騎士團團長艾爾涅斯帝和團長輔佐亞黛爾楚，才好不容易回到弗雷梅維拉。

迪特里希沒有參與那場戰鬥。明知過去的事無法改變，他依然不只一次地想，如果當時自己在場，又會是什麼情況。

他搖搖頭趕走多餘的想法。

他們大老遠來到森林深處，並不是為了後悔。

「然而，想在這麼寬廣的地方找到那個小小團長，似乎要費一番工夫。」

話雖是這麼說，但他的表情可不是這麼回事，反而流露出淺淺笑意。

與產生酸雲的蟲型魔獸交戰過後，艾爾涅斯帝和座機伊迦爾卡一同於此地墜落，而亞黛爾楚也追在他後頭而去。

想從廣大的魔物森林裡找到兩個渺小的人類，這項任務的成功率幾近為零，可是不曉得為什麼，他不認為這不可能。

「呼──風還真大！差不多該躲進艦橋裡……嗯？」

迪特里希說著，正要走回去，卻突然停下了動作。身為一名優秀的騎操士，直覺讓他從黎明的光芒中發現了某些東西。

淡淡搖曳的光芒中，有個刺穿光芒的小黑點在樹海上空飛翔。

那不是飛翔騎士。

飛翔騎士的機體上應該要有魔導光通信機的光點閃爍；也不會是飛空船，因為船隊本來就在出雲的後方。

那麼，剩下的可能性就是──

迪特里希臉上浮現無畏的笑容。

「這在魔獸中算勤勉的吧。不過正好，如果真是那些傢伙，地點就在這附近沒錯了，是吧！」

他精神抖擻地跑進船艙。銀鳳騎士團匆忙的一天即將開始──

現在正是夜行性魔獸回巢，白天活動的魔獸開始出沒的交界點。一個巨大黑影從破曉的微光中逐漸浮現。黑影的翅膀上環繞彩虹般的色彩，外觀有如甲蟲。

「竟然還得派出汙穢之獸……那些從空中入侵的傢伙真麻煩。」

幾個送行者望著魔獸展翅飛去。他們擁有相當於魔獸的巨大身軀，外型就和人類一樣，是所謂的巨人族。

其中有個塊頭特別高大的巨人。他轉動炯炯有神的『五隻』眼瞳，恨恨地啐道。

「在地面上沒有吾等敵不過的東西，但要和在空中游動的對手戰鬥就不好辦了。就像過去的汙穢之獸一樣。」

隨侍在他身後的四眼巨人一本正經地點頭應和。見狀，五眼巨人很不愉快地撇下嘴角。

「吾明白。正因如此，吾才賦予那些魔獸任務。」

巨人們紛紛點頭表示同意，隨後疑惑地偏著頭問：

「可是，此次派出的汙穢之獸似乎比之前還要少了許多？」

「據魔導師所言，在前一場戰鬥中失去的數量還沒有補回來。」

五眼巨人臉上的表情更顯凶惡。正當眾人以為他即將爆發的前一秒，他的表情又像風吹過的沙子一樣產生變化。

「看來不能盡是依賴汙穢之獸。立刻召魔導師和『小王（奧伯朗）』前來見吾。」

「遵命……」

一接到五眼巨人的命令，其他巨人們便退了下去。他用其中一隻眼看著巨人們離開，其他眼睛轉向天空。

「除掉了汙穢之獸，又有自天空而來的侵略者啊。將巨人族統合為一個氏族的目標就只差一步。百眼神，莫非還要對吾降下新的試煉？」

他的喃喃低語沒有獲得回應，徒然在空中散去。

◆

在空中行進的船艦裡迴盪著警報聲響。被緊急警鐘叫醒的騎士團員們急忙跑向各自的崗位。

「前方看見獸影！還有一段距離，數量不明！」

「地面上沒有動靜！周圍沒有別動隊！」

「與各船的魔導光通信機連接良好！」

數量眾多的報告透過環繞船體各處的傳聲筒交錯飛舞。統合船隊的旗艦『出雲』上也充滿戰爭般的緊繃氣氛。

「嘿，這麼快就現身了！」

「對方真的會來阻止針對這一帶的入侵啊。」

聽到報告，不可一世地坐在出雲船長席上的老大『達維・霍普肯』露出好戰的笑容。『艾德加・C・布蘭雪』在一旁聽著，同時確認航路圖。航空士們在上面密密麻麻地標記魔獸勢力範圍的相關情報。其中與目前所在地重疊的，正是蟲型魔獸的地盤。

「好！接下來就交給你們了！」

「馬上就全丟給我們啊？老大。」

也不曉得他剛才的氣勢跑到哪裡去了。『海薇・奧柏里』有些失望地反問，艾德加也回以無可奈何的視線。老大則挺起胸膛回答：

「鍛造以外的工作可不干我的事啊！不過，船我會好好駕駛，你們就放心出去吧。」

「出雲已經像我們的手腳一樣了！」

對於老大的意見，在艦橋上執勤的部下們——包括『巴特森・泰莫寧』在內的鍛造師隊員們都信心十足地點點頭。他們的確不算正式的戰鬥人員。艾德加和海薇互望一眼，輕嘆一口氣。

「那可真值得信賴。」

換句話說，戰鬥是騎操士的領域。當中隊長們準備行動時，迪特里希跑進艦橋，他全副武裝，一副隨時能夠坐上幻晶騎士的模樣。

「迪，看你的樣子，你要出動嗎？」

「對，既然傳言中的魔獸出現，也該用劍歡迎牠吧。我要向你借飛翔騎士隊和一架騎士。」

迪特里希只留下這句話便立刻轉身離開。艾德加朝他的背後喊道：

「我們會負責保護好船隊。放心把背後交給我們。」

「當然。」

迪特里希逕自趕往船艙的方向。在那裡，經鍛造師們完成整備的飛翔騎士正迫不及待地等著出擊時刻到來。他跳上其中一架機體，迅速檢查其狀態。

「厲害，狀態很完美。多耶迪亞涅，出動了！」

起重腕機抓起幻晶甲冑搬過來的機體。

「迪隊長！請加油！」

「喔，包在我身上。」

起重腕機隆隆作響，將飛翔騎士拋向空中，迪特里希機立即展開鰭翼乘上風，推進器發出正常的運轉聲，飛到船隊前方。

其他中隊機以迪特里希機的推進器火焰為目標聚集。他們迅速擺出密集隊形，並將前端指向敵人。

逐漸明亮的天空中，有幾個伴隨彩虹色光輝的黑影，那是利用乙太作用在空中飛舞的巨獸——魔獸。

「蟲型魔獸進入肉眼確認範圍！數量有五隻！」

「太少了吧。只是來試探的偵查兵嗎？算了，我們這邊也差不多。」

在風聲影響劇烈的空中很難直接對話。雖然飛翔騎士上搭載的擴聲器同時使用魔法加強了輸出，但有效距離不長，因此他們才會採用密集隊形。

迪特里希一決定好戰術，便傳達給隊員們。

「我們占有數量優勢。各位，包圍牠們！」

「瞭解！把上次的帳一併算清楚吧！」

「留下偵察機，其餘左右散開！」

接到號令的飛翔騎士隨即解開密集隊形，兵分兩路，展開夾擊蟲型魔獸的行動。蟲型魔獸也不只是呆呆停留原地，牠們發揮巨大身軀不應有的速度，一口氣縮短距離。

先行的迪特里希機用魔導光通信機發出燈光明滅的信號。

「射程也是我方有利，不要讓牠們太靠近了！開始發動法擊！」
飛翔騎士一齊架起魔導兵裝，連續放出火焰彈。
空中劃出一道道朱紅色的線，連結了飛翔騎士和蟲型魔獸，前端的法彈陸續化為爆炎。然而，蟲型魔獸以輕快的動作躲開了綻放的火焰之花。
「明明身軀如此巨大，動起來卻很敏捷。幸好本國沒那種東西！」
迪特里希嘴上無奈地抱怨，不過還是沒放慢法擊的速度。儘管密集的法彈彈幕阻礙了蟲型魔獸前進，但兩者間的距離仍慢慢縮小。
沒多久，蟲型魔獸改變了動作，曲起的腿蠢蠢欲動，從關節處分泌出體液。
「那種攻擊要來了！退後！」
下一秒，蟲型魔獸發射的體液彈在空中爆炸，迅速化為白煙，形成一片雲霧。那是可以將所有生物逼至死境的凶惡酸雲。
迪特里希睜大眼睛，仔細觀察幻象投影機上的情景。
「發射了五發體液彈，風向又讓酸雲的範圍擴散得更廣。這表示如果繼續讓牠們隨意行動，將十分不妙。」
迪特里希機點亮魔導光通信機。跟著他的中隊機理解其意圖後，馬上展開行動。
「但是……你們致勝的機會只在那個範圍內，那我們就採取圍堵！」

他們再度一齊展開法彈攻擊。這次不提升法擊密度，而是進行範圍略廣的攻擊。法彈沿著酸雲邊緣引發爆炎，隨之掀起的爆炸氣浪攪亂了逐漸擴散的酸雲，將帶來絕對死亡的領域稍微壓制回去。

潛伏在酸雲裡的蟲型魔獸，似乎因酸雲沒有如意料中擴散而焦躁。只要躲在雲裡，牠們就是無敵的，接近的所有生物都會被消滅。相對的，若雲的範圍無法擴張，牠們也拿敵人無可奈何。

基於這樣理所當然的判斷，蟲型魔獸於是選擇了前進。敵人用法擊阻擋酸雲，那就主動接近，用能將敵人捲入的方式產生酸雲就好了。

「如我所料，都跑出來了吧。」

連魔獸都能想出來的手段，迪特里希不可能沒預測到。

蟲型魔獸從雲中飛出，扭曲足部，將目標鎖定飛翔騎士。就在即將射出產生死亡酸雲的體液彈那瞬間，牠們才注意到有某物體朝自己高速接近。

——時間回到蟲型魔獸從酸雲裡探出頭的前一刻。

「輪到『複合型空對空槍』出場囉。」

迪特里希機舉起一支造型奇特的長槍——長長的中心部分像是長槍，並於側面加上兩支鋼槍。不是三叉，而是將三支槍並排的怪異武裝。

經過他的操作，裝在側面的鋼槍後端激烈地噴吐出爆炎。

「魔導飛槍解除固定，開始加速！」

當固定一被解除，獲得自由的魔導飛槍就開始猛烈地加速。

複合型空對空槍——兼具格鬥用騎槍和魔導飛槍功能，是飛翔騎士的專用裝備。由於是在空中直接投射魔導飛槍，因此能省略軌道腕，實現大幅度的裝置簡化。對於在裝載量上斤斤計較的飛翔騎士而言，可說是非常適合的裝備。

射出的魔導飛槍拖曳著長長的爆炎尾羽不斷加速。瞄準酸雲突飛猛進的鋼槍，毫不留情地刺向正好從雲中露出臉的蟲型魔獸。

「這才是我的目的。」

蟲型魔獸當下有多麼驚愕自不必說。雖然牠急忙迴避，但魔導飛槍也同時改變了方向。有如事前串通好般，朝魔獸逃跑的路線前方飛去。

從魔導飛槍誕生之時——大西域戰爭中，迪特里希便一直使用這種武器，他是最熟練其操縱方式的人物之一。

一旦被他鎖定，就不可能輕易逃脫。鋼槍彷彿被吸過去般衝向魔獸的頭部。

蟲型魔獸擁有凶猛的攻擊性和機動性，然而另一方面，防禦力卻不是那麼高。既然要利用乙太產生的浮揚力場飄在空中，為了能夠靈活移動，身體當然是愈輕巧愈好。因此，魔獸的甲殼無法承受鋼製長槍的直接攻擊。

刺入頭部的槍順勢侵入體內，將本身挾帶的動能悉數向周圍釋放。彷彿爆炸一般，魔獸的身體在空中迸裂四散。頭部被炸得粉碎，柔軟的腹部被撕裂。當場死亡的魔獸體液向四方飛射、爆炸，最後形成一朵巨大的酸雲。

「唉呀，雖然順利幹掉了，不過……看來打死也很麻煩。」

飛翔騎士們提高警戒，拉開了距離，同時舉起魔導兵裝試圖予以追擊，魔獸們卻搶先一步開始胡亂發射體液彈，製造出大範圍酸雲，阻礙飛翔騎士前進。

「那些傢伙無論如何都不讓我們靠近啊！」

「攻擊方式太粗糙了。知道我們沒辦法衝進雲裡，所以就阻斷前進的路……不對，牠們是打算逃跑。」

迪特里希等人繞過酸雲繼續往前進。

「魔導兵裝繼續牽制攻擊。偵察機！附近還有其他魔獸嗎!?」

在遠處飛行的偵察機亮起鰭翼上的魔導光通信機。得到『確認所有魔獸正在撤退』的報告後，迪特里希放慢了速度。

「走得可真乾脆。」

「我們要避免深追。根據報告，牠們還擁有戰術性。追到最後可能會碰上主力部隊。」

迪特里希等人又在周圍戒備了一陣子，確定沒有看到後續部隊以後，才反轉前進的方向。

「這樣大概就算打過招呼了。回船上吃早餐吧。」

「是！」

在向船隊發送魔導光信號的同時，迪特里希機緩緩返航。途中，他讓機體的頭部四下張望。

「……果然是這裡。騎士團長（艾爾涅斯帝）就在這裡。」

黎明時刻已過，正要迎來一天的開始。

他眯起眼睛俯瞰寬闊的森林景色。

「可是該怎麼找？總不能一直這樣在空中飄。」

大樹海實在太廣闊，不能在沒有任何線索的情況下到處找人。這時，他忽然腦中靈光一閃，拍了拍手。

「不，倒不如就這樣好了。他遲早會在某個地方製造大騷動吧。那個艾爾涅斯帝肯定會搞出什麼事情！」

這對於銀鳳騎士團來說是非常理所當然的認知。

回收飛翔騎士的船隊再度啟程。

放眼望去盡是樹林和魔獸的領域。此時他們還不知道，一場大戰亂的徵兆已然出現，對於艾爾涅斯帝身處戰亂中心的事情也一無所知。

如此這般，銀鳳騎士團就在不知不覺間，深深牽扯進這塊土地的命運中——

# 第十五章 搜索騎士團長篇

## 第六十五話　集合敵人的敵人吧

沉重的震動在地面上蔓延。一群巨人族踏著粗魯的腳步，一走到房間前面便開口喊道：

「王！吾等的王是否在此!?有緊急的事情要傳達……」

說到一半，巨人們的氣勢迅速衰退，因為坐在房間裡的巨人厭煩地朝他們看了過來。他的五隻眼瞳，以及在巨人族中也顯得格外魁梧的身軀——『盧貝氏族的王』懶懶地靠坐在椅子上，眼睛分別盯住巨人們。

「當然在。既然那麼著急，想必帶來了好消息吧？」

「這個……」

被稱為王的巨人身上的氣息一下子變得嚴厲，原本慵懶的模樣不再，眼睛炯炯有神。在強烈壓力的逼迫下，前來通知的巨人狼狽得說不出話。

「哼，失敗了啊。」

「吾等眼瞳不足！汙穢之獸遭到擊退，『那些東西』愈來愈接近了。」

也許是放棄了辯解，巨人無力地低聲回答，接著，他耳邊聽見低低的響聲，驚訝地抬起頭一看，一幕罕見的光景映入眼中。

王發出了笑聲。

「呵呵、呵哈哈……自從『那個』在天上現身，許多汙穢之獸便被破壞了。要屠殺如此大量魔獸，連吾等氏族也會失去眾多眼瞳。不曉得彼等又受到多大傷害……」

隨著笑聲愈來愈低，面對起身而立的王，巨人們都為之震懾而退後一步。

「過去，吾等頭頂上有汙穢之獸。吾等使之屈服於氏族之下，理應帶來了進一步的繁榮才是。」

「誠如吾王所言。吾等氏族的力量，至今沒有受到任何損害……」

「如今又怎麼說？新的某種東西出現，莫非天空是吾等永遠的敵人嗎？」

王已經沒有看著巨人們，他像是對遙遠的某人發問一樣接著喃喃自語：

「那天上飛的東西是什麼，又為什麼來到此地……？沒有答案是嗎？可惡的百眼神。在緊要關頭卻派不上用場。」

無論再怎麼提出質疑，神依然保持緘默，其中沒有祝福。

氏族的巨人們互相使眼色商量，過了一會兒才開口：

「沒有百眼的祝福，顯然是敵人。」

「必須將之排除。吾等才是真正的巨人。」

聽見氏族巨人們的說詞，王將視線轉向他們。來自天空的異物，其目的與真面目皆不明，且很可能擁有超乎汙穢之獸的力量。對於巨人族——盧貝氏族來說也可能成為威脅。

「一如吾等曾經降伏汙穢之獸，彼等將成為助力抑或是災難？聽見了嗎？『小王（奧伯朗）』。」

巨人們的視線集中到最後方。那裡有個把魔獸甲殼當作鎧甲穿戴在身上的巨大人型。外觀看似巨人，卻有本質上差異的扭曲存在——擬態巨人『幻獸騎士』。

站在擬態巨人手掌上的小小人影，與巨人王正面相對，說道：

「在有汙穢之獸的戰場上，『毀滅詩篇』不會止息，但如果對方表現出敵意，就不能使之屈服了。」

「想來也是。不過，小王，若是派不上用場，或許這裡也沒有汝輩的位置了吧？」

「我向您保證，我們的幻獸將發揮更大的作用，以避免那種情況發生。」

巨人王的嘴角揚起嘲笑的形狀。小王看起來不甚在意，恭敬地彎腰回禮。

「吾王，那麼該怎麼做？若本來已毀滅的凱爾勒斯氏族乖乖閉上眼睛，災禍也就過去了。如今空中出現新的敵人，彼輩或許會再次睜開眼睛。」

巨人王閉上眼睛，沉聲說道：

「諸氏族聯軍……」

在大大小小的眾多巨人氏族中，盧貝氏族堪稱是規模最大的一支。

——雖然以前還有好幾個僅次於他們的有力氏族。

過去那一場巨人族內部鬥爭的『真眼之亂』中，大部分有力氏族都消失了。因為能夠驅使汙穢之獸的盧貝氏族展現了壓倒性的力量。

倖存下來的全是些微不足道的小氏族。照那樣的情況來看，他們不可能反抗盧貝氏族。而由各氏族組成的聯軍則推翻了這個前提。

基於巨人族獨有的慣例『賢人問答』，所有事情都依照戰鬥勝負決定，因此數量的調整很重要。無論是多麼微小的力量，一旦聚集起來也會成為不容忽視的勢力。

對於他們的擔憂，王則是抱著不屑的態度。

「那些不入眼的小氏族，無論聚集多少都沒用。如同彼輩曾經發起的第二次行動。」

「話是這麼說，但敵人也不一定只有他們。」

「是否需要下一個犧牲品……」

在場的巨人們提出了各式各樣的觀點。既然他們並非百眼神，也就不可能預測到所有要素。神的骰子至今仍在滾動，沒有人能知道結果。

看著眾人惶惶不安的樣子，王不禁嘆了一口氣。身為最大規模的氏族，手中還握有汙穢之獸這樣強大的力量，又有什麼好擔心的呢？

「來歷不明又會飛的敵人。換個角度想，這不正是個好機會嗎？」

聞言，在場的巨人們都吃了一驚，視線轉向國王。

「談什麼氏族都沒有意義。百眼之加護只能給予吾等盧貝氏族。吾不會再視而不見，好好整頓一番便是。」

王發出低低的笑聲，腳步悠然地走過彷彿凍僵般停止動作的巨人們之間。

「既然一次還沒學到教訓，就再讓彼輩嘗嘗苦頭……諸氏族聯軍膽敢行動，吾等也會有所回應。」

不久，他走到另一個王的面前。五隻眼睛緊盯著小鬼族的統治者——小王(奧伯朗)。

「準備好了嗎？」

「隨時聽候差遣……」

小王在幻獸騎士的手心上行了一禮。盧貝氏族的王滿意地點點頭後便走開了，巨人們也尾隨而去。

在高處的巨人們看不到低頭的小王的表情，因此誰也沒注意到他的臉上悄悄浮現一絲笑容。

◆

柔軟的觸感溜過指間。『亞黛爾楚・歐塔』把玩著滑順散落的髮絲，輕輕嘆了口氣。

「啊啊，艾爾的頭髮輕盈滑順，摸起來好舒服……」

「……你們在做什麼？」

一道錯愕的嗓音向不厭其煩梳理著少年頭髮的少女問道。亞蒂轉過頭，看到一名青年手足無措地站在房間門口。

「啊，札卡萊亞先生。呃——因為艾爾在睡覺，所以我在給他摸摸。」

「喔……」

枕在亞蒂膝上睡著的人正是『艾爾涅斯帝（艾爾）・埃切貝里亞』。

為了避免打擾艾爾的睡眠，她撫摸的動作既輕且慢。看著她莫名沉浸其中的樣子，被稱為『札卡萊亞』的青年似乎想說些什麼，但他很明智地閉上了嘴巴，轉而想起自己的職責。

「抱歉打擾你們休息。王吩咐我請兩位過去。」

「啊，小王（奧伯朗）先生回來了？艾爾，起來吧～」

亞蒂搖了搖艾爾的肩膀。過了一會兒，他才慢慢地動起來。

「準備好了以後，請告訴我一聲。」

札卡萊亞留下這句話，就從房間裡退了出去。亞蒂開始著手準備，在剛睡醒的艾爾仍搖晃著腦袋時幫他梳好頭髮、整理衣服。大致確認過後，她滿意地點了點頭。

「嗯，沒問題。今天也很可愛！」

「早安，亞蒂。雖然不知道是什麼沒問題。」

亞蒂沒有理會一臉詫異的艾爾，高興地抱緊了他。

「嗨，就等你們兩位過來了。」

小王（奧伯朗）微笑著舉起手。

艾爾和亞蒂來到城裡某個開會用的房間，向在最裡面等候的王致意並就座。小王平時臉上掛著的笑容中，摻雜了幾分愧疚的神色。

「難得請兩位來作客，卻沒有好好招待，還讓你們等這麼久。真對不起。」

「你太客氣了。既然受到巨人族傳喚，也不能不前去應對。」

「說得沒錯。盧貝氏族就會胡亂使喚我們。」

小王深深嘆氣，強調自己的辛勞，艾爾也隨聲附和。平穩的閒談持續了一會兒後，小王終於提起正題。

「……總之，盧貝氏族似乎會在近期內有大動作。」

「那是巨人族對於其他氏族所採取的行動？」

艾爾偏著頭問。小王點了點頭。

「那是其中一個因素。不過，主要還是你們的事情。」

「我們？」

「空中的入侵者又出現了。」

「！那是！」

亞蒂隨即欠身想要站起，被小王委婉地制止了。他臉上浮現的笑意像是在說：「這樣講你們應該懂吧？」

「哎，應該和你們想的一樣。許多在空中出現的飛行物……不，就坦白說了吧，『船』正朝這裡而來。盧貝氏族正在討論該如何應對。」

艾爾和亞蒂互望了一眼，帶著驚喜交加的表情對彼此微笑。他們勉強壓下想要立刻行動的心情，再度轉向小王。

「感謝你告訴我們這麼重要的消息。那麼，我們希望能盡快前去迎接。」

「畢竟大家都來了嘛！」

「等等，等一下。先聽我把話說完。」

小王連忙制止他們，眼看就要站起來的兩人於是慢慢坐了回去。

「我明白你們歸心似箭，但凡事都要有個順序。」

小王輕輕嘆了一口氣，探出上半身。

「你們和那些入侵者……不，和西方的同胞們會合是好事，但你們要就這樣拋下我們不管了嗎？我的舊時同胞啊，那樣未免太薄情了。我出於一片好心告訴你們這個消息，難道你們要恩將仇報嗎？」

「話是沒錯……」

面對小王故作哀嘆不已的樣子，亞蒂不滿地噘起嘴。艾爾則是盤起雙臂，陷入片刻的沉思。

「我明白。我們不會不知感恩。」

「聽你那麼說，我就放心了。」

大概是判斷可以繼續談下去，小王靠坐在椅背上。

「先聽我把話說完。不管怎樣，因為你們的同伴過來了，盧貝氏族也不得不採取行動。」

小王接著娓娓道來——

盧貝氏族認為諸氏族聯軍將再度集結，因此對那些來歷不明的空中敵人加入一事更有所顧忌。空中的敵人打退了前去迎擊的汙穢之獸，據說仍繼續入侵巨人們的領域。

聽到這裡，艾爾和亞蒂再次被喜悅包圍。

「大家都很厲害嘛！他們才不會一直輸給那種魔獸。」

「一旦帶回情報，他們就會想出應對辦法。不枉費我讓大家逃脫了。」

「多虧如此，盧貝氏族也陷入大混亂。雖說是最大氏族，巨人之間的衝突還是免不了出現死傷。但是，只要汙穢之獸還在，諸氏族聯軍根本算不了什麼。」

在盧貝氏族的戰略上，汙穢之獸是不可或缺的存在。

「所以他們決定在你們牽扯進來以前，剷除所有殘留的氏族。真眼之亂將再次上演，再度引發一場大戰。」

「……你想說什麼？」

「沒什麼。只是提醒你們，兩位可能會變成扭轉這個森林勢力版圖的王牌。真是責任重大啊。」

小王發出輕笑，身上散發愉快的氣息，來回看著兩人。

「你的意思是，這場戰爭是因我們而起。」

「不用放在心上。你們只是偶然在森林裡迷失了而已。雖然今後可能會發生一些爭執，但你們也不需要去蹚渾水。」

「你那種說法……！」

亞蒂怒目瞪著他，小王反而愉快地加深了臉上的笑容。

「不過，對於小鬼族（我們）來說，這個問題可傷腦筋了。一旦被捲入巨人之間的戰爭，我們完全不是對手。」

「！你的意思，難道是要把村子裡的人當作人質!?」

「怎麼可能，那是不正當的企圖。只不過，我畢竟還是小鬼族的王，必須從更全面的角度顧及全局。」

小王聳聳肩。亞蒂則不滿地閉上嘴。

無論如何，她十分清楚被捲入戰爭的小鬼族沒有抵抗能力。如果戰鬥規模擴大，盧貝氏族也不會有餘力保護他們。

盧貝氏族的決斷實在不容樂觀。

「同時，我也認為這是一個好機會。盧貝氏族將直接參與戰鬥！想要重創他們的勢力，就只有趁這次機會了。」

雖然小鬼族的目標是脫離庇護他們的盧貝氏族，但並不是想要直接闖進巨人的根據地。在盧貝氏族和諸氏族戰鬥的期間，或許會出現漏洞。他們要瞄準的就是那個時刻。

「那麼具體來說，你希望我們採取什麼行動？」

「唔，這要從多方面來討論。畢竟戰爭已近在眼前，我們接到命令，就必須立刻展開行動。」

小王收斂起笑意，目不轉睛地盯著艾爾，他的腦海中應該有著各式各樣的盤算吧，此時他像是在減少視覺資訊一樣瞇起眼睛。

「我想確認空中的入侵者是你們的同伴，而且真的會站在我方陣營。因此有必要讓你們以行動證明。」

「好，我可以去和他們談談。在與盧貝氏族為敵這一點上，我們的目的一致。」

「然後在適當的時機對盧貝氏族發動夾攻。假如諸氏族聯軍也能加入當然更好，可是不知道他們會如何行動，所以先不列入考慮。」

艾爾點頭表示同意。能夠盡快和飛空船隊會合也是他求之不得的事情，和盧貝氏族戰鬥也沒有問題。不過，有件事令他耿耿於懷。

「我的騎士團的確不會那麼簡單敗給汙穢之獸，可是一旦發展成全面衝突，就不可避免地會出現傷亡。」

艾爾從正面盯著小王。矮小少年放出的視線意外銳利，讓小鬼族的王稍微屏住了呼吸。

「你把流血的任務全推給我們，讓我不是很滿意呢。」

「哈哈……你放心。在這場戰鬥中，盧貝氏族不會得到汙穢之獸的力量。」

「咦？為什麼？」

兩人臉上表現出相當意外的神情。小王停頓了一會兒，然後恢復笑容。

「你有確切的理由嗎？難道你知道制伏汙穢之獸的方法？」

「呵呵呵，我們也有一項準備已久的武器。這算是王牌，可惜沒辦法說得太詳細。」

王和騎士團長「哈哈哈，呵呵呵」地相視而笑。身邊的人都露出複雜的表情拉開距離，他們仍持續笑了一會兒。

「好，那句話我姑且記在心上。為了一同打倒盧貝氏族，親手獲得自由。」

「足夠了。我很期待彼此的英勇表現。」

於是，對盧貝氏族的包圍網在森林一隅悄悄建立起來。

「喔，對了，你們稍等一下……札卡萊亞，到這裡來。」

當艾爾他們迫不及待地想離開房間前去追船隊時，被小王叫住，兩人因而回頭一看。

只見小王指著札卡萊亞說：

「你們順利和同伴會合之後，應該也需要和我們這邊聯絡的手段。帶上他就會有辦法了。」

「他要怎麼做？」

「他有一種特別的技能。總之，到時候你就知道了。」

「臣必不負使命。」

札卡萊亞在小王面前下跪，點頭應承，一副原本就很想同行的樣子。艾爾和亞蒂彼此對看了一眼。

「怎麼辦？他擺明就是來監視我們的。」

「這也是為了進一步瞭解我們的事情吧……反正早晚都需要聯絡人員，就請他跟我們一起走吧，只要他能跟上，我們也不用在意。」

「那就拜託你們啦！」

在小王的目送下，艾爾一行人離開了城市。

「好了。雖然要找飛空船，但也得先和凱爾勒斯氏族的各位會合才行。」

「放著巨人族不管也可以吧？」

札卡萊亞驚訝地問。從他的角度來看，雖不至於像對盧貝氏族一樣恨之入骨，不過光是凱爾勒斯氏族也是巨人族這點，就足以令他感到不快了。

「不行，他們是必要的，因為還得靠他們和諸氏族聯軍接觸。既然大家都和盧貝氏族是敵對關係，就要盡可能全部利用。」

隨行的青年一時答不上話，只能注視著走在前面的少年背影。

空中的入侵者、小鬼族以及諸氏族聯軍，將各方人馬集結在一起擊垮盧貝氏族。這個嬌小的騎士團長打算徹底付諸實行，或許手段還比他的主人——小王（奧伯朗）更殘酷激烈。自西方而來，舊時同胞的後裔——札卡萊亞對這個存在感到一絲恐懼。

「……好吧。這也是為了小鬼族的未來。」

他搖搖頭，下定決心，然後追著少年和少女的背影邁步前進。

◆

一陣細小的腳步聲穿過森林。

凱爾勒斯氏族的新魔導師『小魔導師』，聽見那細微的腳步聲而轉過頭。一旁的巨人少年『拿布』詫異地問：

「怎麼了？小魔導師。」

「拿布，你有沒有聽到……」

小魔導師還沒說完，腳步聲的來源便現身了。一看到艾爾等人輕快地跑過樹林間的身影，她臉上不由得綻開笑容。

「凱爾勒斯氏族的各位，讓你們久等了。」

「老師！汝等回來了啊。」

「唔，你們兩個都沒事吧？」

「嗨～小魔導師、拿布！你們好嗎？」

小魔導師向用力揮舞手臂的亞蒂輕輕揮手問候，然後就地坐了下來。這樣能夠更靠近兩人的視線。

「那麼，汝等和小鬼族談出什麼結果……了？唔，老師，好像多了什麼東西。」
「是小鬼族啊。」
小魔導師和拿布看著兩人身後，不解地偏著頭。因為眼前出現了一個陌生的小鬼族。
「……這就是巨人族的凱爾勒斯氏族。埃切貝里亞大人真的被巨人們接納了呢。」
小鬼族青年札卡萊亞望著在艾爾他們面前端坐的小魔導師，臉上露出五味雜陳的表情。
他記憶中的巨人族，是仗著巨大身軀俯視他們的傲慢種族。
他們不可能配合矮小的艾爾等人而坐下，甚至稱呼他們為老師，眼前情景簡直超乎想像。
「如果我們也像你們一樣和巨人來往……不對，說這些也沒有意義。」
他陷入自己的感慨中。拿布大喊著召集其他族人過來。只見巨人們一個接一個從森林裡出現，其中那名三眼位的勇者用他的三隻眼瞳巡視四周，然後點點頭。
「小鬼族的勇者，就等汝回來了。」
「勇者先生！還有各位，我有很棒的消息要告訴大家。」
「哦。小鬼族掌握了什麼樣的事實？」
在聚集的凱爾勒斯氏族巨人們面前，艾爾開始說明他在小鬼族城市中的所見所聞。起初巨人們還能老實聽他說話，但一聽到盧貝氏族即將展開行動，似乎就再也壓抑不住躁動的情緒。
「豈有此理，盧貝氏族竟打算捨棄『氏族』本身……」

勇者發出沉吟，抬頭望天。在巨人族的歷史中，氏族之間的糾紛並不罕見。不如說，氏族之間的問答才是構成他們歷史的主要部分。

話是這麼說，但有意消滅其他所有氏族，盧貝氏族還是歷史上僅見。那是甚或無懼百眼的行徑。

「不，只要擁有汙穢之獸，那也不是不可能的事。現在看來，也許彼等沒能在真眼之亂時徹底消滅其他氏族才奇怪。」

「或許是隨著時間過去而改變心意了吧。不過，這次盧貝氏族倉促採取行動的其中一個原因是入侵者的存在。他們應該是我的同伴，反倒讓我覺得有點對不起你們。」

「沒有什麼好對不起的。幫助同胞是理所當然的事情。」

小魔導師慢慢搖了搖頭。艾爾微微一笑，點頭回應。至於一旁的凱爾勒斯氏族巨人們則展開了激烈的爭論。

「正因如此，吾等更有必要重新組成諸氏族聯軍。繼續視而不見，只會白白死在盧貝手下。」

「當然應該召開賢人問答！但是來得及嗎？就連吾等也在百都附近。」

「問題還不只如此。吾等曾差點閉上眼瞳，又該怎麼說服諸氏族……」

「沒有時間費唇舌說服了。無論如何都要撬開彼等的眼睛。」

勇者一語不發，靜靜地聆聽眾人議論紛紛。接著，三隻眼瞳轉向艾爾等人。

「小鬼族的勇者，盧貝氏族不能使用汙穢之獸，此話有幾分真實性？如此一來，吾等應採行的戰術將會有重大改變。」

在艾爾將要開口的時候，札卡萊亞代替他走上前，曲起單膝跪下，仰望勇者。

「關於這件事，由我們小鬼族向各位保證。在接下來的問答中，汙穢之獸不會加入盧貝氏族的陣營。」

勇者一改之前溫和的態度，以犀利的眼光盯著他。

「小鬼族的勇者，這是？」

「他是小王（奧伯朗）派來的，是他一族的人。他會跟我們同行並擔任聯絡人員。」

勇者一下子傾身向前，仔細打量札卡萊亞。被巨人影子籠罩的札卡萊亞則繃緊了身體。

「即便能夠代替眼與耳，可是汝能代替一族發話嗎？」

「我雖是聯絡人員，但小王也允許我在可能範圍內回答。只能請你們相信了。」

札卡萊亞被幾乎和臉一樣大的眼睛直勾勾地瞪著。只要稍有鬆懈，他就會開始身體發抖、牙齒打顫。這也難怪，若有人面對在眨眼間就能把自己輾成肉醬的巨大存在還可以保持平靜、舉止如常，那樣才奇怪。

他的主人——小王仗著幻獸騎士的力量為靠山，勉強實現了與巨人之間的平等相處。這兩名嬌小的少年、少女又是怎樣做到的——

當他的思考在重度壓力下開始飄遠時，勇者先抬起了頭。

「汝背負了小鬼族氏族的期待，想必所言不假。」

「感謝你願意相信我……」

度過最初的難關，札卡萊亞稍微鬆了口氣，然而下一秒，勇者的聲音裡多了幾分嚴厲。

「不過，就算汝等有那樣的打算，也不一定會得到好的結果。」

關於盧貝氏族驅使汙穢之獸的方法，別說凱爾勒斯氏族，連艾爾他們也不知道。即便相信小鬼族會動什麼手腳，但是否靠得住又是另一回事。

「這、這個……！」

勇者對臉色一下子刷白的札卡萊亞失去了興趣，站起身說道：

「無論如何，盧貝氏族確實已經有所行動。那麼，吾等首要之務應該是成立諸氏族聯軍。」

不管汙穢之獸在或不在，都必須做好問答的準備，諸氏族聯軍必不可少。好不容易才潛入百都附近，卻得馬上返回準備和盧貝氏族進行戰鬥，著實令人遺憾。

「關於這點，我有個提案。」

「真的嗎？艾爾。」

艾爾臉上掛著溫和的笑容，舉起手發言。

「我寄放在你們那邊的卡薩薩奇應該幫得上忙。」

「汝的幻獸？」

勇者露出詫異的神色，拿布和小魔導師互相對看了一眼。艾爾交由凱爾勒斯氏族保管的幻晶騎士『卡薩薩奇』，和空戰特化型機一樣，是能在空中飛翔的機體。乍看之下非常強大，但也不光只有優點。

「……老師，那個確實飛得很快。可是，呃……坐著那種東西在各氏族之間飛來飛去，不是會先被視為敵人嗎？」

「我們當時也是啊……」

只論移動速度的話，卡薩薩奇確實擁有出色的性能──然而，其不祥的外觀卻是最致命的缺點。迫於各種現實因素使用了大量魔獸材料，再加上艾爾徹底發揮他獨特的品味，結果打造出一個讓大家第一眼看到都會認定為敵人的成品。

「的確，看到陌生的飛行物體靠近，大家都會產生戒心。」

「艾爾，問題應該不是出在那裡哦？」

「請放心，卡薩薩奇可以帶著一個巨人一起走。」

「！對了，還有這一眼啊。」

曾經和卡薩薩奇一起飛上天的小魔導師啪地拍了拍手。卡薩薩奇雖是倉促拼湊而成的機體，但它具備的各種特殊功能還是非常有價值。

「看要請哪一位和我們前往西方，如此而為，就可以迅速遊說各個氏族。」

「唔。」

勇者微微閉上眼睛，陷入沉思。艾爾的提案很合理。既然現在盧貝氏族已決定行動，他們就沒有時間悠閒地走回去。假如能經由空路返回，和時間有關的問題也變得不是那麼緊迫了。

「小鬼族的勇者，汝的提案很值得參考。然而，剩下的問題是，那一個人該由誰去……」

在凱爾勒斯氏族的倖存者中，最有力量的就是勇者。要想多少提高一點說服諸氏族的可能性，他會是最適合的人選。

但同時令人煩惱的是，如果他離開了，凱爾勒斯氏族的戰力便會大幅降低。對於將保護倖存族人視為重大使命之一的勇者來說，他實在無法輕易點頭答應。

「……勇者。」

在勇者正傷腦筋的時候，小魔導師怯生生地走向前說：

「吾……要和老師一同前去說服諸氏族。」

「小魔導師!?」

拿布大吃一驚地轉頭看向她。勇者也瞇起眼瞳勸道：

「汝仍未具備足以代表魔導師之眼瞳。就算想對諸氏族提問……」

「吾明白吾還不夠成熟。但是，若現在不挺身而出，四眼位的魔導師又是為了什麼而存在？」

基於巨人族獨特的序列制度『眼位』，擁有四眼位的小魔導師地位最高。在大多數情況下，族長皆為眼位高者就任，如同凱爾勒斯氏族上一代的魔導師。

想要勸服其他氏族的話，最好是由眼位高者出面——即使在理智上明白，勇者仍表現出為難的樣子。

「即便如此，也只能讓一個人去。小魔導師有辦法獨自對抗危險嗎？」

「確實，至少再多一個人……」

「沒問題喔。小魔導師在巨人中算是比較輕的。和卡薩薩奇在一起的話，不管遇到什麼災難都可以逃跑！」

「那是重點嗎？」

看著艾爾充滿信心地點頭，拿布忍不住瞪了他一眼。逃跑對於巨人族來說實在不是什麼值得誇耀的事情。

勇者閉上眼，沉思片刻後，和氏族的巨人們交換了意見，最後長嘆一聲。

「好吧。小魔導師，吾等就將氏族的意向託付於汝。」

「勇者!?」

拿布驚訝地回過頭。小魔導師則是笑逐顏開。

「此為重責大任。汝能確實辦妥嗎？」

「是，吾必不負所託！」

小魔導師意氣軒昂地點了點頭。背負賭上一族未來的重大使命，她也沒有表現出膽怯的樣子。勇者像是注視著某種耀眼的東西一般瞇起眼睛，然後再轉向族人們說：

「吾等也不能留在這裡闔上眼睛。雖然會遲一步，不過還是盡快追上他們吧。」

就這樣，凱爾勒斯氏族決定了方針。從旁靜觀事態發展的艾爾於是走向被藏起的卡薩薩奇。

「既然討論出結果了，我們也準備出發吧。」

「吶～艾爾，我知道要用卡薩薩奇載小魔導師啦……」

亞蒂一步步跟在他後面，開口提出心裡的某個疑慮。

「我當然也會一起去，可是你該不會……」

「啊，對了。」

艾爾也發現了她話中的含意，於是回頭看向跟在最後方的札卡萊亞。他一副理所當然的樣子用力點頭。

「我也要隨同埃切貝里亞大人前去。畢竟我就是為此而來。」

「我想也是。不過，卡薩薩奇應該載不下三個人。」

卡薩薩奇的駕駛座原本就來自伊迦爾卡。它配合艾爾的身材打造，而且內部還裝設了各式各樣的機器，所以非常狹窄。三個人坐上去肯定會變得擁擠不堪。

在一臉為難的艾爾旁邊，亞蒂也是滿臉不情願。

「絕對不行。駕駛座是我和艾爾的地方！」

「話也不能那麼說……」

「可是……你們要駕駛在空中飛行的幻獸騎士吧，那我就不能徒步跟著了。而且，如果要組成諸氏族聯軍，我的使命就是親眼見證這件大事。」

札卡萊亞也堅持不肯讓步，否則他又是為了什麼跟著這個少年而來？正因為他的個性非常認真，才會被小王（奧伯朗）親自委任。

如何用一架卡薩薩奇載運一個巨人和三個人，這是個難題。特別是三個人的部分。

艾爾發出低吟，煩惱了一會兒之後，索性用溫和的微笑敷衍道：

「那就這麼辦吧。讓札卡萊亞先生坐在卡薩薩奇的手上。」

「什……！」

聽到這蠻不講理的結論，札卡萊亞的表情不由得僵住了。魔物森林的天空如此廣闊，光是飛越就很不得了了，何況坐在幻晶騎士手上，更顯得此行困難重重。深感肩負的任務如此困難，札卡萊亞甚至開始感到暈眩。

艾爾和亞蒂不顧其中一名成員做好了壯烈犧牲的覺悟，急忙開始著手準備。亞蒂坐進卡薩薩奇的駕駛艙後，目光迅速地掃視四周一遍。

「嗯～也不是坐不下啦。那麼，艾爾，這邊這邊。」

「呃，該不會……」

她坐在座位上用手拍著的部位，是大腿。理解到那是要他坐在那裡的意思，艾爾不禁皺起眉頭。

「我們不能用一般的方式坐嗎？」

「不這樣的話駕駛座擠不下呀，這也沒辦法！嗯，沒辦法。」

「是這樣嗎？如果我一直坐在妳的腿上，妳也會很不舒服喔。」

「如果是艾爾的話……沒問題！」

「妳到底是哪來的信心？」

經過一番討價還價，卡薩薩奇終於啟動。

隨著高亢的進氣聲響起，魔力開始在機體內循環。只有上半身的極端形態，使得卡薩薩奇甚至無法正常行走。然而，當它的腹部下方產生彩虹色光環時，詭異的身軀便在空中浮了起來。

正因為有開放型源素浮揚器這種可以自由形成浮揚力場的裝置，卡薩薩奇才能夠浮在空中。

看見伴隨吵鬧的風聲從樹林深處出現的卡薩薩奇，小魔導師隨即朝它走去。凱爾勒斯氏族的巨人們一邊鼓勵年幼的魔導師，一邊向百眼祈求她能順利完成使命。

「好，那我們出發吧。」

卡薩薩奇支撐著小魔導師的背，提高了輸出動力。彩虹色光輝愈發強烈，帶著他們飛向天空。儘管有約一名坐在手掌上的隨行者發出慘叫，卻被嘈雜的進氣聲掩蓋。

勇者們遠眺卡薩薩奇的身影，直到其成為一個小點，才邁開步伐。

「吾等也不能落於人後，走吧。」

凱爾勒斯氏族的巨人們也開始前進。目標在各個氏族居住的西邊之地。

◆

在魔獸橫行的恐怖森林中，一旦來到上空，情況就不同了。

這裡並不是沒有會飛的魔獸，但即使牠們會飛，也還是需要棲息的巢穴。很少有能夠完全脫離陸地生活的物種。因此愈往上空攀升，遇見魔獸的機率便有逐漸減少的傾向。

一個奇怪的物體悠然飛越充斥魔獸的森林上空，那是個外型相當異常的巨人，身上穿戴著把魔獸殼進行加工過後的裝甲——不用說，那就是小魔導師和卡薩薩奇。

一行人前方沒有任何阻礙。卡薩薩奇的魔導噴射推進器流暢地吐著火焰，有如乘上順風般在空中前進。感受到風吹著頭髮飄動，小魔導師不禁瞇起四隻眼睛。

「這是吾第二次和老師一起飛行了。這樣也不壞。」

「大家一起飛很棒呢～」

如此回答的亞蒂牢牢摟著艾爾，一副心滿意足的樣子。她雖然放棄了讓艾爾坐在腿上的想法，但坐在一起的事實還是沒有改變。

在享受天空之旅的一行人中，也有人並不是那麼樂在其中。

「札卡萊亞先生，你還好吧？」

「不……不要緊！這麼點小事，也是為了我們的……未來！」

這次，卡薩薩奇飛行時沒有提升到非常高的高度，至於其中的原因，現在正死命地攀附在卡薩薩奇手掌上。

看來小鬼族的騎士相當有骨氣。似乎可以比得上銀鳳騎士團的團員們——艾爾心裡想著這種無關緊要的事。

「老師，這樣好嗎？」

「妳指的是什麼？」

在一帆風順的旅途中，小魔導師突然向艾爾問道。

「遊說各個氏族，組織聯軍並向盧貝氏族發起提問，這些對於巨人族（吾等）而言是很重要的事情。可是，老師的同胞們現在也在森林某處吧？」

飛空船隊為了搜索艾爾的下落來到這塊土地，被留在森林裡的艾爾應該也很盼望見到他們。

然而他也沒有肯定，只是露出了柔和的笑容。

「沒關係。我的騎士團能夠再次來到這裡，表示他們沒有那麼脆弱。何況就算想找，也不知道從哪裡找起。盲目地到處飛也是白費時間。」

身後的亞蒂稍微用力地抱住了他。

「既然這樣，我們應該先從其他方面著手準備。我們和盧貝氏族因為一些事情而處於敵對關係，但這不表示所有巨人族都是敵人，而他們不知道這一點。」

眼球水晶捕捉景色，映在幻象投影機上，畫面不停流動。在這個野獸蠢動、怪鳥飛舞的魔物森林，即使只限於巨人活動的領域，森林依然寬闊得沒有邊際。

「我不知道騎士團在哪裡，可是只要在森林走一趟，自然會遇到其他氏族。先從這裡開始吧。」

「這樣啊。感謝汝，老師……」

儘管有時需要避開魔獸，不過這段旅程多半進行得相當平順。

卡薩薩奇在戰鬥能力方面確實有缺陷，卻能達到非比尋常的速度。一旦認真起來，普通魔獸是追不上它的。

「差不多接近各氏族居住的地方了。我想先決定一個明確的地點……」

加快速度趕路的旅程終於來到尾聲，他們於是開始討論最終目的地。

「吾等仰賴的是適合挑起問答，並且有相應的理由和力量之人，並非隨便託付誰都好。」

「嗯──那這附近的哪個氏族比較好？」

巨人族的氏族數量很多，但符合他們目的的選擇並不多。

一行人靜止在空中，四下張望。開放型源素浮揚器產生的虹彩色圓環靜靜發光，支撐他們平穩滯空。

「吾對這裡的森林樣貌有印象。如果是這裡……不遠處正好有個適合的氏族。」

小魔導師指向森林一隅，卡薩薩奇隨即轉頭朝她指的方向看去。

「那就到小魔導師推薦的地方。可以交給妳出面說服嗎？」

小魔導師朝背後的卡薩薩奇瞥了一眼，然後用力點頭。

「當然。吾就是為此和老師們一同來到這裡的。」

「感覺不太行的話，我們也會幫忙！」

「可是，巨人之間的對話，有我們插嘴的餘地嗎？」

三個人你一言我一語地說著。

不顧靜靜癱倒在手上的某人，卡薩薩奇慢慢降落在森林裡。

# 第六十六話　空中騎士與異形怪物

魔物森林中響起沉重的腳步聲。有個巨人大搖大擺地走在巨獸徘徊的路徑上，穿梭於林間搜索獵物。

「怎麼回事？森林裡的空氣……有些不同。」

三眼位的戰士環顧四周，喃喃低語。

他一如既往地進入森林，這天卻感覺到某種不同的氛圍。他思考了一下才注意到，原來是森林裡太過安靜。平常早該遇到一兩隻決鬥級魔獸，附近卻彷彿所有生物都隱藏氣息似地一片寂靜。

「再這樣下去，今天的糧食也會不夠啊。」

戰士皺起眉頭，再度掃視了四周一遍，可是不管再怎麼察看，依然連個野獸的影子都沒看到。

他是屬於巨人族的其中一個氏族——弗拉姆氏族的巨人。如同生活在這片森林裡的許多氏族，弗拉姆氏族也是一個小規模集團。在過去發生的大戰——『真眼之亂』中，他們由於規模太小而倖免於難，也沒有建立任何戰果。

「莫非有哪個氏族開始為問答做準備了？吾等巨人族也不知道還有誰閉上抑或睜開眼睛。或許該來的還是躲不掉。」

隨著時間流逝，真眼之亂似已逐漸遠去。事到如今，他覺得沒有必要準備什麼問答——儘管巨人族之間仍存在嚴重的分歧。

那就是盧貝氏族的存在。

該氏族在真眼之亂中稱霸。對於掌握汙穢之獸這巨大力量的盧貝氏族，諸氏族雖然心懷不滿，卻也一直保持著沉默，不過這樣的沉默也在前幾天被打破了。

「問答……啊。吾等不會落到凱爾勒斯氏族那樣的下場。」

同樣是小規模氏族，但弗拉姆氏族與堅守傳統的凱爾勒斯氏族不同，他們希望得到平靜的生活。儘管對於盧貝氏族的所作所為頗有微詞，卻也沒想過要積極行動。

「哼唔，還以為森林裡有什麼東西……那就是原因嗎？」

隨意走了一段路之後，戰士終於遇到異常發生的原因。

抬頭一看，上空飄浮著某種異樣的存在。眼見那個東西發出彩虹色光芒，同時慢慢靠近，他不由得心生警戒，舉起手中的武器。

「吾沒見過這東西……看起來也不像是汙穢之獸。」

虹彩光芒逐漸靠近，像是完全沒把他的警戒放在眼裡，直到其全貌清晰地呈現，戰士臉上的表情頓時轉為驚愕。

「汝是弗拉姆氏族的人嗎？」

「怎麼……那個『顏色』！居然是凱爾勒斯氏族!?汝等不是都受百眼寵召了嗎!?」

以巨人而言算是矮小的人影，被彩虹色圓環圍繞著飄在空中。四眼位小魔導師從樹的上方俯視他。被年幼的四隻眼睛盯著，戰士甚至忘了放下武器，愣愣地杵在原地。

「由於連問答都未舉行的盧貝氏族所為，吾等氏族遭受重創。不過，仍有眼瞳開啟者活了下來……如同吾一般。」

「這樣啊。話說，汝那個姿態又是怎麼回事？那不是汙穢之獸，難道連汝也驅使魔獸嗎？」

那個異樣存在佇立於自稱小魔導師的巨人少女背後，不存在於戰士的認知中。即使外觀像是魔獸，樣子又有點不太對勁。牠只是守在小魔導師背後，什麼也不做，看起來反而像是在空中支撐著她。眼前的狀態實在太令人難以理解。

小魔導師沒有理會戰士的動搖和疑問，自顧自接著說：

「弗拉姆氏族，吾來此是有一事相求。這對於所有氏族……對於巨人族全體來說，都是一個重要的問題。」

「什麼……」

聽著少女娓娓道來，戰士的三隻眼睛瞪得愈來愈大。這番話猶如神諭，宣告了新的戰鬥即將開始。

◆

「歡迎汝遠道而來，凱爾勒斯的年輕魔導師。吾為弗拉姆氏族之眼瞳。」

沒多久，一行人便被迎到弗拉姆氏族的聚落。身為族長的五眼位魔導師上前迎接他們。

「……而且還帶來了奇怪的客人。」

他好奇地瞇起眼睛，看向小魔導師的腳邊。以為早已在盧貝氏族襲擊中滅亡的凱爾勒斯氏族，如今竟然還有倖存者出現在他們面前，光是這樣就夠讓人吃驚了，她竟然還帶著小鬼族，這種事情簡直聞所未聞。

「據戰士所說，汝是從天上過來的。莫非是從百眼尊前歸來？」

「怎麼可能，吾未曾有幸拜會百眼之眼……先代已蒙百眼寵召，但吾等還不能將眼瞳歸還。」

「……吾料想也是。過去也有諸多氏族在問答中落敗滅亡。不過，盧貝氏族所為又與此不同。」

五眼位魔導師忽然凝視遠方，又很快將焦點拉了回來。小魔導師端正坐姿，以誠摯的眼光望向他。

「吾是為了尋求助力前來。弗拉姆氏族的魔導師啊，吾等……」

「要舉行問答，是嗎？」

五眼位魔導師打斷她的話。凱爾勒斯氏族的倖存者，只要稍微動動腦，就能知道她的目的。

「正、正是。如今吾等要舉行問答，再次成立諸氏族聯軍。此即目前的首要之務。」

「聚集諸氏族，然後要吾等像凱爾勒斯那般遭受汙穢侵蝕而死。」

「不會發生那種事！」

小魔導師激動地想要站起，卻在感受到腳上輕微的重量後，停止了動作。低頭一看，是艾爾制止了她的行動。

「……對不起。不過，弗拉姆，此事並非只關乎吾等氏族之存亡。」

五眼位注意聽著她的說詞，同時對她身旁的小鬼族相當感興趣。原以為是隨侍巨人族的渺小存在，但看來並非如此，反而更像是受到信任倚靠的對象。

「盧貝氏族已經開始行動，彼等意圖將所有氏族納入掌控之下。」

「什麼？」

五眼位魔導師睜大眼睛，短暫地闔眼陷入沉思，然後睜開眼說：

「若此話當真，那麼該舉行的問答，便是是否要服從盧貝氏族。」

「！弗拉姆!?」

小魔導師這下真的忍不住站了起來，正要上前逼問弗拉姆氏族的魔導師，但才剛踏出一步便受到五隻眼瞳的嚴厲瞪視，使她不得不停止動作。

「盧貝氏族終於開始消滅其他氏族了。既然彼等擁有汙穢之獸的力量，這是早就能預見的結果。吾等只能選擇服從……」

「請等一下。關於這點，我們有個秘密計畫。」

聽見有人插嘴，五眼位魔導師將視線移到下方——目不轉睛地回望著他的矮小少年。艾爾涅斯帝站到小魔導師前面，亞蒂也挺起胸膛站在旁邊，札卡萊亞則是努力讓自己變成空氣。

巨人微微揚起嘴角露出笑意，像是在期待著小鬼族會玩什麼把戲。

「小鬼族竟敢介入巨人間的交談嗎？」

「因為這也不算和我們無關的事情。」

五眼位魔導師眼前呈現這般景象：面對巨人卻毫不畏懼的小鬼族，以及非但沒有因為小鬼族插嘴感到不快，反而投以依賴眼神的巨人少女。這是意外，同時也帶來了變化。

「吾等贏不了盧貝氏族，就算召集諸氏族聯軍也一樣。既然汝說能夠改變這樣的局面……就拿出證據來看看吧。」

「巨人，你們也看到了吧？跟小魔導師一起前來，我們的幻晶騎士……不，『幻獸』。」

在沒必要的地方稍微停頓了一下後，艾爾還是姑且改口。

「載著年幼巨人一起飛行的幻獸，說來也真怪。但是，就算讓一個人飛上天空也沒用……不對。」

五眼位魔導師忽然閉上嘴。在他的記憶片段中，似乎引出了某些模糊的印象。

「那不是飛行魔獸，而是幻獸。小東西，汝等的幻獸難道還有更多數量嗎？」

艾爾和亞蒂看了彼此一眼。巨人的問題來得突然，但他們也不是完全沒有頭緒。

「您有看過那些天上飛的東西嗎？」

「那和吾等所知的魔獸不同。會成群行動，卻又展現出異於生物的一面。」

五眼位巨人垂下眼。假如事情和他想的一樣，那便會成為足以改變巨人族未來的重大事件。

「巨人，如果我們去和在空中飛行的東西進行交涉，你看怎麼樣？」

艾爾的話顯然沒有辜負他的期待。五眼位魔導師睜大了眼睛。

「……那會帶來相當重大的變化。如此一來，就不得不召集諸氏族，並且對此展開問答。」

「汝的意思是!?」

小魔導師傾身向前，弗拉姆氏族的魔導師對她點點頭，回應道：

「必須有相應的問答才能夠召集氏族。凱爾勒斯氏族、小鬼族，帶著證據回來吧。若汝等順利完成此事，吾等弗拉姆氏族願意給予協助。」

◆

離開弗拉姆的聚落後，一行人再度回到空中。

卡薩薩奇抱著小魔導師飄浮。即使是一成不變的森林景色，現在似乎也能懷著和之前不一樣的心境看待。

「我有聽說他們來了，可是距離比我想的還要近。」

「連剛才的巨人們也都目擊了嘛！」

艾爾和亞蒂幾乎按捺不住高昂的情緒，讓卡薩薩奇的頭不停轉動、東張西望，巴不得馬上在哪裡發現飛空船的身影。

「老、老師，動得太厲害的話……!!」

「噢，抱歉。」

被迫一起轉動的小魔導師應該覺得很受不了吧。

她已經漸漸習慣了像這樣在空中飛行的感覺，儘管如此，她仍沒有控制卡薩薩奇的方法。

艾爾立刻讓機體恢復穩定的姿勢，繼續平緩地前進。

沒有人發現，坐在手上的札卡萊亞也暗自鬆了一口氣。

「呼。接下來只要找到老師的氏族就好了。這麼一來，弗拉姆氏族也會認同吾等，不久後便會舉行問答。」

小魔導師因期待而笑逐顏開——相較之下，艾爾的笑容卻蒙上一層陰影。

「老實說，事情可能沒那麼簡單。」

「什麼意思？」

艾爾不也為此感到高興嗎？聽見她的問題，艾爾用略為消沉的語調說：

「恐怕……就算找到了飛空船隊，也得先打一場才行。」

「咦咦⁉為什麼？讓他們和平常一樣迎接不就好了！」

亞蒂驚訝地反問。當然了，他們到底為什麼非得被自己的飛空船隊攻擊不可？對於她的疑問，艾爾的答案非常簡潔：

「我們沒有聯絡手段。」

「……啊！」

亞蒂少根筋的聲音從身後傳來。

「小魔導師加上卡薩薩奇，若用現在這種狀態隨便靠近，肯定會被大家當成敵人攻擊。再說，我也不認為他們看到卡薩薩奇，能猜到它原本是伊迦爾卡。」

「唔、唔唔……」

回想起過去發生的事情，小魔導師也沒辦法出言否定。至少現階段絕對沒有人會第一眼就把這架機體看成同伴。

就在這個時候——

「……嗯？唔。欸，艾爾，你看那邊。」

亞蒂加入兩人的對話，從艾爾背後伸出手臂指著空中一點。艾爾仔細觀察幻象投影機映照出來的景色，隨即睜大眼睛。

「這……還真是很棒的偶然呢。」

某種物體的影子飄浮在空中的流雲間。大小不一，數量在眨眼間愈來愈多，可以看出具有相當的規模。

「是汙穢之獸嗎!?沒想到牠們搶先了一步。」

體。

「不對，那不是魔獸。小魔導師，那個形狀、姿態……」

相較於慌張的小魔導師，艾爾臉上綻開愉快的笑容，亞蒂也開心地傾身向前。

小小影子在空中高速飛馳。在集團的中心有個巨大物體，那些影子好像正在守護那個物體。

「太好了。說人人到。大家真的太讓我驚喜了。」

「這有可能嗎？」

「實際上就發生了。該怎麼做很明顯了吧。」

「這樣啊。老師，那些就是老師的同伴吧。」

小魔導師也理解了情況，四隻眼睛緊盯著那裡。

中央的巨大物體就是飛空船，四周飛來飛去的小東西則是幻晶騎士——專門為空戰設計的飛翔騎士。親眼見到令人懷念的銀鳳騎士團飛空船隊，兩人都忍不住興奮起來。

「艾爾，我們要怎麼做？」

「當然是衝過去。小魔導師，做好準備！」

「是，老師！」

「……唔，埃切貝里亞大人!?這到底是怎麼回……嗚喔!?」

只聽見約一名乘客的慘叫聲消失在半空中。魔導噴射推進器瞬間提升輸出動力，使得卡薩

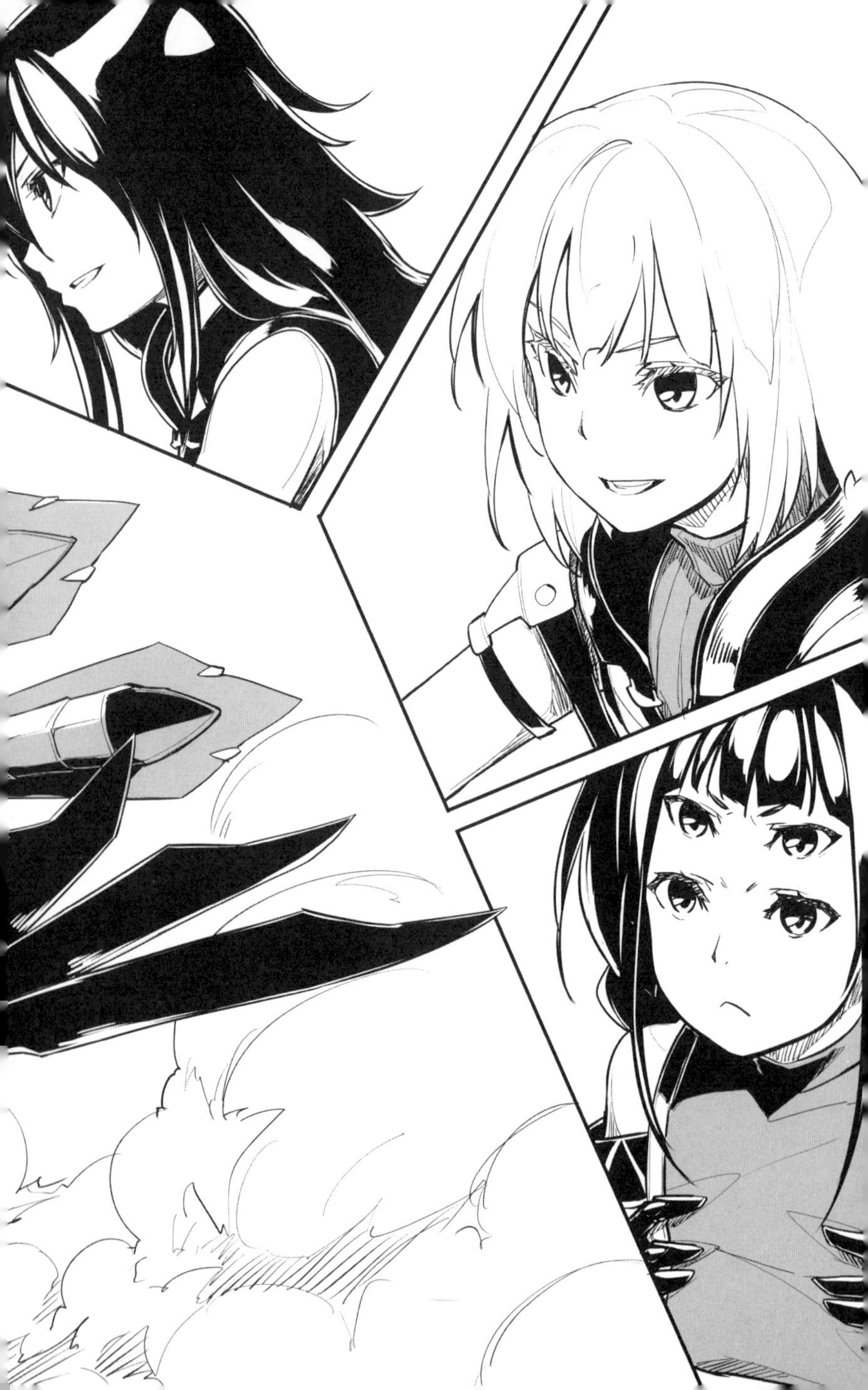

薩奇彷彿被劇烈火焰踹向前方，一口氣朝飛空船隊筆直加速前進。亞蒂忍受著慣性大叫：

「可是艾爾！這樣直接衝去會被攻擊不是嗎!?」

「我本來就預想到多少得採取一點強硬手段。大家一定會發動攻擊。不過……我們不會戰鬥。」

聽見艾爾果斷的告知，亞蒂驚訝地睜圓了眼睛。

「只要專心防禦，躲開飛槍，最後抵達出雲，就算我們贏了。」

「我、我們能做到那種事嗎？」

亞蒂十分清楚銀鳳騎士團的力量。清楚飛空船、飛翔騎士以及弗雷梅維拉騎士對付魔獸的能力。背負著不小缺陷的卡薩薩奇究竟能不能做到？她心裡愈發忐忑不安，可是——

「有妳、還有小魔導師在，所以一定做得到。妳願意幫忙嗎？」

「當然！唉～艾爾就是愛亂來！還是得有我跟著才行！」

被艾爾認真凝視，亞蒂也說不出拒絕的話。她緊緊抱住坐在前面的艾爾，藉此提升自己的幹勁。

期間，幻象投影機上映照出的船隊影像愈來愈大。原本是如此可靠的夥伴，如今看來卻像一座堅不可摧的要塞。

「沒想到我會有和銀鳳騎士團交手的一天，不過……」

與眼前的狀況相悖，艾爾怎麼也無法掩飾臉上露出的笑意。

「可以和拿出真本事的大家打一場，還真讓人有點興奮。」

他心底那個人型兵器迷的本性徹底顯露。就算會讓自己暴露在危險之中，他也不會有一絲遲疑——

在這期間，飛空船似乎也發現卡薩薩奇正在接近。船上一下子顯現出騷動不安的樣子，飛翔騎士們的動作也有了變化。

「艾爾，他們來囉！」

「好。呵呵，多麼感人的重逢……讓我們大鬧一場吧！」

彩虹色光芒隨即增強，卡薩薩奇不斷攀升飛翔，目標是飛空船隊中央的旗艦『出雲』。他們毫不遲疑地衝向最難以攻略的地方。

就這樣，銀鳳騎士團飛空船隊在這天遭受騎士團長的強攻。

◆

寂靜的森林上空突然響起警笛聲，來源是銀鳳騎士團飛空船隊的中央——旗艦飛翼母船『出雲』。

「先行的偵察機發出緊急發光信號！內容是有魔獸接近，數量……只有一隻！」

「還有，他們小隊會自行應對！」

「噢，就交給他們了。」

坐鎮於船長席上的老大大方地點點頭。在博庫斯大樹海中，有魔獸靠近已是家常便飯。區區一隻魔獸，只要派出一個飛翔騎士小隊的精銳便足以應付。

——他們原本是這麼輕鬆看待的，然而……

「……!?下一個發光信號！魔、魔獸正在接近！偵查小隊好像被突破了!!」

「什麼！」

不只老大，艦橋上所有人聽見報告內容時，都懷疑是自己聽錯了。

「該不會又是那種蟲型魔獸？」

「不，沒有收到表示其為蟲型的信號。應該說，他們不知道是什麼種類。」

艦橋上的中隊長們互看了彼此一眼。第一中隊長艾德加盤起雙臂，沉吟道：

「新種魔獸嗎……？」

「看來最好加把勁上了。」

第三中隊長海薇也這麼回應。在這附近會遇到的強敵，大家最先想到的就是擁有腐蝕性體液的蟲型魔獸，但報告中又說不是。新種魔獸可能擁有某些未知的能力，即使是單體也需要警戒。

「喂，你們打算怎麼辦？那東西好像正朝這邊過來，不過終究只有一隻。」

「為了以防萬一，我也駕駛飛翔騎士出去。我去召集第一中隊。」

「哦，拜託你了。」

艾德加正要離開艦橋的時候，第二中隊長迪特里希對他說：

「雖然不知道是哪種魔獸，但牠不太可能單槍匹馬朝如此龐大的集團衝過來。小心不要低估魔獸的智慧。」

「請放心。船周圍的警戒就交由我們藍鷹騎士團負責。」

這時，在場唯一不屬於銀鳳騎士團的『諾拉・弗克貝里』舉手發言。她帶領的藍鷹騎士團原本就是擅長諜報的間諜集團，尤其專精警戒和偵查，交給他們再適合不過。

「嗯，那我放心了。這次就交給你們表現吧。」

「不要緊張。你失敗的話我會馬上去幫你！」

迪特里希背靠在牆上，輕輕揮了揮手。在海薇面帶促狹笑容的目送下，艾德加只是聳聳肩說：

「那真是太可靠了。」

當船上正在進行這樣的對話時，在空中的飛翔騎士們仍在奮戰。

「這傢伙……好快！」

「可惡，那麼簡單就避開了我們的攻擊!?」

外型像是結合人的上半身和魚的下半身，半人半魚的幻晶騎士在空中穿梭飛翔。魔導噴射推進器吐出猛烈的爆炎，展現出普通魔獸望塵莫及的速度。即使如此，他們還是完全追不上那個像是魔獸的對手。

「不過，那到底是什麼!?魔獸還是幻晶騎士!?」

「少蠢了，這裡怎麼可能有幻晶騎士！」

「可是那個外型……」

被派出偵查的飛翔騎士小隊在空中碰上了『那個』。在向本船發出遭遇敵人的警戒信號後，他們便試圖進行威嚇攻擊。然而，那個東西持續以異常速度接近，並在一瞬間甩掉他們。令人不解的是，牠居然直直朝船隊中心飛去，這可不能置之不理。

「打中……給我打中啊！」

飛翔騎士放出的法擊在空中劃出一道道光弧，但這些為了阻止異形而飛散四射的法擊卻全被輕易避開。那個東西就像背後長了眼睛一樣精準地移動，毫不減速地繼續飛行。

「這樣下去，會讓牠飛到出雲那邊！」

「不，我們不會讓牠得逞。你看，是發光信號。」

飄浮在另一頭的飛空船隊中有光正在閃爍。以固定頻率閃動的光點向他們傳達信號。

「那是第一……中隊！艾德加隊長要迎擊嗎！」

「哈哈！我看那個魔獸也要完蛋了!!」

飛空船隊前方出現火焰的光芒，那是出動迎戰的第一中隊飛翔騎士。只為了對付一隻魔獸，那樣的戰力似乎強過了頭，但對實質上被突破防線的他們來說無異是一劑強心針。

「好，我們繼續追擊，從前後夾擊牠！」

「各自注意射線！準備魔導短槍！」

偵察小隊停止法擊，轉而把動力集中在推進器，一邊加快速度，一邊啟動小型連發投槍器。第一中隊的飛翔騎士正從前方接近，漸漸在那個來歷不明的魔獸前後形成包圍之勢。

「動作挺敏捷的，不過畢竟是魔獸。」

「很好，圍起來了……投射魔導短槍！」

小型連發投槍器噴出猛烈的火焰。由銀線神經連接的鋼鐵之槍連續被投擲到空中，並在犀利的加速推動下全數湧向魔獸。

前方有一個中隊的飛翔騎士，後方有魔導短槍的攻擊。他們都堅信，遭受如此凶猛的夾擊，不管什麼樣的魔獸都絕對會被打倒。

——前提是，那如果只是普通魔獸，牠說不定就會被擊落。

飛翔騎士隊所追逐、疑似魔獸的生物，其實並非魔獸，而是銀鳳騎士團團長艾爾涅斯帝・埃切貝里亞操縱的異形幻晶騎士『卡薩薩奇』。

「艾爾！有好多魔導短槍從後面過來了唷！」

在卡薩薩奇的駕駛座上，抱著艾爾的亞蒂傾身向前。明明正遭受攻擊，但她似乎很高興的樣子。艾爾則是一臉平靜地點點頭。

「果然是用那個啊。很好的判斷。」

「現在不是悠閒評價的時候吧？被射中的話，卡薩薩奇會撐不住的！」

艾爾注視著映在幻象投影機上的槍雨，露出大膽的笑容，其中看不出一絲焦躁。

「呵呵呵，其實魔導飛槍有個小缺點。就讓我來教教你們吧。」

他握緊操縱桿，介入手臂的活動。接收到魔力的速射式魔導兵裝隨即啟動，散發出淡淡的光芒。

「亞蒂，前方交給妳了。」

「包在我身上！我看看～那是紫燕騎士團的人，還是銀鳳騎士團呢！」

操縱者有兩人，他們利用這項優勢分擔應對的工作，各自操作不同的操縱系統。使得卡薩薩奇不僅能全速前進，還能同時做出將手臂轉向後方的奇怪姿勢。

「速射式魔導兵裝的威力差了一點，但它也有意外的優點。」

他對準逼近的槍射出法擊。速射式魔導兵裝是一種能夠靈活運用的武裝。雖然每一發法彈威力都很小，卻可以接連不斷地發射並迅速形成彈幕。

飛來的槍雨和法彈彈幕在下一秒發生激烈碰撞。從接觸到槍的法彈前端開始產生爆炸，彈開了魔導短槍。偏離軌道的短槍因此飛向錯誤的方向。

儘管飛翔騎士慌張地傳來引導指令，可惜還是晚了一步。小法彈形成的彈幕連帶破壞了連結魔導短槍的銀線神經。一旦偏離目標，短槍就只能徒然往地面墜落。

魔導飛槍有個很大的缺點。

歸根究柢，魔導飛槍就是一種高速飛行的槍，不具有爆炸的功能，因此一旦錯過目標，就會失去主要的攻擊力，無法有效造成傷害。

相對的，威力較小卻能夠連續射擊的速射式魔導兵裝，就是一種非常有效的迎擊裝置。想改變槍的方向，也不需要太誇張的攻擊力。

「想只靠魔導短槍打下我們，我們可沒這麼好對付喔。」

艾爾得意地笑了笑。他本來就是魔導飛槍的設計者，自然瞭解其缺點。可以說他自己準備好了反制手段。這或許也算作弊吧。

才剛把槍打散，卡薩薩奇就立刻再次加速。受卡薩薩奇支撐的小魔導師因強烈的加速感而全身僵硬。

「小魔導師！妳還好嗎!?」

「亞蒂老師……吾也是巨人族，這點程度沒問題！」

「前方有攻擊要來了，小心！」

即使分散了追兵，從前方來的飛翔騎士中隊仍持續逼近。接下來必須突破他們才行。

「老師，吾該怎麼做？雖然可能幫不上忙……」

在空中交錯的法擊、飛來的槍，還有以驚人速度逼近的飛翔騎士，這些對小魔導師來說都是未知的存在。巨人族裡原本就未曾有人體驗過這種空對空戰鬥。她確實正置身於未知的領域。

「沒關係，大部分的攻擊我和亞蒂會處理。請妳盡量用魔法擋下敵人的攻擊就好。」

「好，吾試試看！」

儘管知道自己能力有所不足，小魔導師還是毫不氣餒地看著前方。四隻眼睛中倒映著飛翔騎士的身影。

「那就是老師們所在的地方……西邊小鬼族的力量！」

要說為什麼，是因為她曾聽艾爾和亞蒂說過。那些在空中飛翔的東西是遠從故鄉來迎接他們的。

足以對抗汙穢之獸的空中力量。身為在場唯一的巨人族，她必須將這一切盡收眼底。

「我們要去的地方就是那邊！」

卡薩薩奇靈巧地舉起手臂，指向船隊中央最巨大的船艦，小魔導師也目不轉睛地朝它所指的前方看去。

「那就是老師所說的『船』嗎？如果是小體型的氏族，似乎也能夠坐上去。那究竟是多麼龐大的力量？吾將以自身的眼睛傳達給百眼，懇請明鑑!!」

緊接著，中隊一齊朝向前直衝的卡薩薩奇發動法擊。

準度可說是彈無虛發，逼得卡薩薩奇不得不在快被擊中的前一秒大幅偏向側邊以避開。然而，當他們以為已經躲過攻擊時，避開攻擊之處的前方又有另一波法擊襲來。每一發法彈都恰如其分地錯開，有如撒網般試圖包圍卡薩薩奇。

「我們好像被困住了！」

「挺有本事的——！但現在不是佩服的時候！」

還能繼續躲下去嗎？追過來的中隊恐怕是精銳。光靠簡單的迴避動作，只會在下一次攻擊被逼入絕境。

「那就從正面突破！」

於是卡薩薩奇——艾爾停止了迴避行動，轉而放出速射式魔導兵裝，打落從對面襲來的法擊，直衝進在空中綻放的爆炎火花中。

「狂風纏繞！」

小魔導師在此時使用了風的魔法，在火焰中開出一個洞。可動式追加裝甲隨即啟動，保護了小魔導師。

即使親眼目睹強行突破法擊的奇招，飛翔騎士們依然沒有失去冷靜。於中央行進的三機在發射法擊的同時準備展開近戰，兩翼各三機的小隊也散開，逐漸收緊包圍網。

面對如此流暢的合作，艾爾仍高興地面露微笑。

「動作相當熟練呢，是第一中隊嗎？」

「井井有條的感覺很像艾德加學長呢～迪學長應該會逼更緊。海薇學姊的話會更隨興一點！」

「愈來愈有意思了！」

「要適可而止喔～」

雖然並非和艾爾的熱情產生共鳴，但卡薩薩奇軀幹下方的虹彩圓環卻加大了光度和直徑。開放型源素浮揚器的輸出功率正在增加。隨著浮揚力場增強，卡薩薩奇也往更高處攀升而上。

開放型源素浮揚器主要的優點，就是可以利用空氣中取之不竭的乙太；與以往的源素浮揚器相比，能更容易地改變高度。

看到開始上升的卡薩薩奇，就連飛翔騎士們也略顯動搖。由源素浮揚器在空中支撐的空戰特化型機，在高度的變化方面受到很大限制。

雖然飛翔騎士們立刻追著卡薩薩奇提升了高度，但慢了一拍的反應已足夠導致失敗。他們知道想在近身格鬥中打敗對方已不可能，各機於是轉而發動法擊。

卡薩薩奇發揮驚人的敏捷性，利用魔導噴射推進器短促的噴射躲開一波波射來的法擊。想靠遠距離攻擊解決對手，比起近身纏鬥更加困難。飛翔騎士的騎操士們咬緊牙關，感受到心裡的焦躁情緒節節高升。

「那是什麼東西！動作太奇怪了吧！」

「該死，出雲就在眼前了！絕對不能讓它突破這裡！」

在中隊成員們陷入混亂的情況下，只有艾德加察覺到某種異樣的感覺。

「噴射火焰推進，發出法擊，再加上前面那個……看起來像人型的東西。」

一個可怕的假設在他腦中一閃而過。

迴避法擊時異常的機動性、彷彿熟知魔導飛槍缺點的處理方法，以及狀似人型的與眾不同形狀。光是以上幾點就足夠令人產生懷疑了。

「……就算是這樣，現在你對船隊來說只是威脅，就讓我全力對付你。」

艾德加下定決心後，往踏板用力一踢，使飛翔騎士一口氣加速。

「飛翔騎士的上下移動果然還是比較弱。」

「小席在那方面也下了一番苦工呢。」

卡薩薩奇持續避開飛來的法擊順利地飛翔。他們前方幾乎已毫無阻礙。在幻象投影機映照出的影像中，飛空船的身影愈來愈大。

這時，小魔導師發出的急迫警告一下子驅散了他們的從容。

「老師！前方有一架很快地過來了!!」

有一架飛翔騎士在和卡薩薩奇同樣的高度上，可能是在與其他飛翔騎士戰鬥的期間爬升到這個高度的。這表示他看穿了艾爾等人的行動，真是不容小覷的對手。

「非常大膽的加速。我猜大概是艾德加學長？」

「中隊長機……這下麻煩了。」

銀鳳騎士團第一中隊隊長‧艾德加原本就是很有實力的騎士，歷經多場戰役後，更練就一身不凡本領。既然是飛翔騎士，也沒有所謂不熟悉的問題。想靠尚未完成的缺陷機體卡薩薩奇迎戰，負擔未免太大了。

「大家集中注意。他將會是最強的障礙。我來操作速射式魔導兵裝和可動式追加裝甲。」

「飛行控制交給我！」

「好。小魔導師，妳不用怕。我一打信號，妳就全力放出魔法。」

「是，老師。賭上百眼之眼瞳，吾將不負巨人之名全力奮戰!!」

卡薩薩奇再次加快了速度。雙方的距離轉眼間縮小，進入致命的攻擊範圍內。艾爾臉上的笑容漸漸加深，迫不及待想一探那個筆直向前猛衝的中隊最強騎士的實力。

「交錯一次，勝負就在那一瞬間。那麼，我們上!!」

奪得先機的是飛翔騎士。

它從架起的複合型空對空槍中發射魔導飛槍，致命的投槍朝卡薩薩奇破空而來。距離已近到速射式魔導兵裝來不及反應。艾爾於是大叫：

「小魔導師！」

「是！狂風猛烈纏繞！」

因小魔導師的魔法聚集起來的空氣，使卡薩薩奇的身影搖擺不定。可動式追加裝甲動了起來，進一步加重防禦。

下一秒，魔導飛槍命中卡薩薩奇，所幸風的保護使得槍尖錯開，滑過闔起的裝甲表面，只帶著迸散的火花向背後飛去。

「成功了！」

「還沒！主要攻擊要來了！」

還來不及喘口氣，這次便換成飛翔騎士的本體猛衝而來。它挺起手中的複合型空對空槍的騎槍部分，試圖刺穿卡薩薩奇。

眼看槍尖就要碰到小魔導師時，可動式追加裝甲硬是插入兩者之間。

騎槍的重量和強度都遠比魔導飛槍大，因此它輕易擊碎並貫穿了追加裝甲。卡薩薩奇則在被迅速突破的同時用力揮動追加裝甲。藉由犧牲裝甲令攻擊的軌道自主體偏移。

然而，飛翔騎士的攻擊並未到此結束。追在騎槍後方的騎士本體突然衝上前來。即使所有攻擊都遭到瓦解，它也打算把自身當成鋼鐵重錘。

「使用殺手鐧!!」

艾爾啟動保留到最後的某個機能。卡薩薩奇周身掀起一股與小魔導師的魔法不同的風。剩下的可動式追加裝甲發出朦朧的光芒，刻入其中的紋章術式隨之啟動，正欲引發魔法現象。

小魔導師的魔法和魔導兵裝兩者的風重疊融合，將艾德加機吞沒。在它衝撞到卡薩薩奇和小魔導師以前，就被強行扭曲前進路線。

卡薩薩奇在千鈞一髮之際用可動式追加裝甲卡住騎槍，艾德加機則維持方才襲來的速度，往背後飛掠而去。

「躲開了!?呼——總算撐過去了。」

好不容易逃脫對方竭盡全力的一擊，三人不約而同地鬆了口氣。

卡薩薩奇的一隻手臂受到嚴重損害。不過，在與艾德加那樣的對手較量過後，應該還算在輕傷的範圍內吧。卡薩薩奇轉頭張望，看見艾德加機因為加速太快，一時趕不回來繼續追擊。這可是大好機會。

「我們快走吧。卡薩薩奇的動作也有點不對勁，我想避免更多戰鬥。」

「可是船那邊應該也已準備迎擊了。」

「當然，畢竟都被我們徹底操練過了。大家都是很優秀的騎士！」

「總覺得心情有點複雜。」

飛空船正確的應對的確很值得稱讚，可是當自己不得不成為他們射擊的目標，就讓人沒辦法打從心底高興了。

看似後援部隊的飛翔騎士正在飛空船周圍展開第二陣。艾爾一認出那些機體上描繪的紋章，立刻睜大了眼睛。

「那不是藍鷹騎士團的紋章嗎？沒想到連諾拉小姐他們也來了。」

「這樣不是很糟糕嗎？搞不好會被包圍。」

諾拉和藍鷹騎士團縱然沒有華麗的陣形，卻非常謹慎堅實。一旦形成完整的防禦，艾爾他們就無計可施了。

「那些可以全部躲開嗎？老師。」

「……找不到破綻。果然厲害。」

「現在不是佩服的時候啦。」

就連艾爾一時也想不出什麼有效的突破手段，露出略為凝重的神色，而另一波追擊又在此時接踵而來。

飛空船隊上嘈雜的程度又升級了。法擊戰特化型機動了起來，紛紛將魔導兵裝的前端轉向卡薩薩奇。要是他們再往前靠近一點，恐怕就得承受全船一舉發射的法彈彈幕洗禮。

飛翔騎士在前線布下防禦陣，背後則有法擊戰特化型機給予掩護。這樣別說是卡薩薩奇，就算駕駛的是伊迦爾卡，想從正面闖入也極為困難。

正當進退兩難之際，又聽見亞蒂慌張地大喊：

「哇！艾德加學長追上來了！怎麼辦？我們被包圍了……」

被藍鷹騎士團擋住去路的這段期間，第一中隊已重整態勢。卡薩薩奇最後還是陷入了進退不得的困境。

◆

艦橋陸陸續續收到大量報告，正處於如同身在前線的繁忙之中。

「飛翔騎士，完成迎擊布陣！」

「老大，法擊戰特化型機也準備好了！隨時可以發射。那個東西已經這麼近了！這下不妙啊！」

「迪隊長，你也要出擊……呃，人不見了!?」

老大聽著部下們的報告，仍然保持沉默。剩下的一名中隊長・海薇擔心地看向他。

「老大？要發動攻擊了嗎!?」

「不行，再等等。」

聽到終於開口的老大說出意料之外的回答，部下們都停止了動作。這種危急時刻還在猶豫什麼？魔獸都已經逼到眼前了。

「老大，你到底想幹嘛？」

巴特森不禁加強了握緊船舵的力道。在飛翔騎士的布陣前，魔獸停止了動作。現在不正是進攻的好時機？

「在、在那裡的飛翔騎士動作很奇怪！」

就在此時，一名船員突然大聲發出警告。只見飛空船窗外的飛翔騎士們彷彿要迎接魔獸般往左右兩旁分開，做出令人費解的舉動。

理應迎戰的第一中隊也沒有攻擊魔獸的跡象，反而配合牠的速度前進。眼前所見的景象實在太令人難以理解。

「魔、魔獸正在接近！本船的……來了來了!!」

老大沒有回應部下們混亂的疑問，逕自起身離開船長席。

「由我們前去解決。你們不要輕舉妄動。」

「嗯!?人跑到哪去了？老大——!?」

拋下眾人衝到外面的老大拚命擺動短腿奔跑，一路跑向上層甲板。他盤起雙臂，目光灼灼地望著天空。

——愈來愈近了。

那個異形物體乘坐在散發耀眼虹彩色的光環上，看起來既像魔獸，又像機械，前面還托抱著怎麼看都像是巨大人類的生物。完全搞不懂這東西的真面目。

然而，老大心裡依然懷著確信。

這時，上層甲板的門打開了。一架幻晶騎士從裡面被送了出來，機體上覆蓋著緋紅色甲冑，是手持雙劍的古拉林德。

「迪，慢著！那傢伙是……」

「我知道。用魔導噴射推進器飛翔的技術，還能躲開艾德加的攻擊，那種笨蛋我也只認識『一個』……雖然外型詭異到不行。」

古拉林德讓劍尖朝下，暫時解除攻擊的架勢。

兩人心中緊張的情緒愈發強烈，等待著虹彩色光輝漸漸靠近。

◆

虹彩色圓環在藍天中劃出一道鮮明的軌跡。

那個東西飄浮在飛空船上方，渾身散發強烈的存在感。抬頭仰望的老大僵著臉說：

「那到底是什麼東西？」

光環的中心浮著一個極其異常的形體。

外表看似年幼的少女，卻有決鬥級魔獸那樣巨大的身軀，再加上詭異的四隻眼瞳，而她背後的物體甚至更奇怪，只有人型的上半身，身上穿戴著魔獸甲殼做的鎧甲。

「按照常識思考，我只會把那個當成敵人。」

「完全同意。」

坐在古拉林德裡的迪特里希，臉上的表情也和老大差不多。

「看來一點也不能放鬆警惕啊。」

儘管古拉林德沒有舉起劍，卻也沒把劍收起來。萬一那個東西和他們『預料』的不同，古拉林德將成為最後一道防線。

七彩虹光在眾人的期待、疑惑，以及些許的緊張氣氛中緩緩接近。忽然間，一個小小的東西從裡面縱身躍出。

矮小的人影幾乎要融入蒼穹之中。有如子彈一樣猛然飛出，一口氣脫離彩虹色光輝的範圍之外。

「那是……！」

古拉林德的眼球水晶如實捕捉到了那個身影。駕駛座上的迪特里希忍不住傾身向前，專注地凝視幻象投影機。接著，他吐出積在胸中的氣息，臉上浮現微笑。

「受不了，雖然沒想過能以正常的形式再見，但這也做得太過火了。」

最後，人影降落在呆愣不動的老大面前，發出微弱的踏地聲。

銀紫色頭髮隨著吹過甲板的風飄逸。那個身影絕不可能讓人認錯。老大踉蹌著向前走出一步。

「……銀色、少年！」

他幾個月前挺身對抗蟲型魔獸群，然後消失在樹海中，與當時相比絲毫未變的笑容如今就在眼前。不如說，經歷這麼重大的變故，他的模樣未免太沒有改變了。

「你果然沒事……」

「老大，好久不見！請你先用照明彈聯絡一下吧！」

「啊……喔!?」

艾爾涅斯帝・埃切貝里亞一刻也不停地匆忙開始行動。

「請立刻傳令解除戰鬥狀態。在那裡的『卡薩薩奇』上面還有亞蒂，不是敵人。」

「啥？卡薩……什麼？小姐果然也在！啊啊，對了。喂，迪。」

「我聽到了。」

古拉林德啟動配備的多用途投擲筒。法彈筆直地攀升到高空，在頭頂綻開光芒的花朵。那耀眼深青色光芒代表的，正是銀鳳騎士團中唯一擁有這種顏色的機體——『伊迦爾卡』。

正在觀察旗艦出雲號的其他飛空船很快掌握了情況。法擊戰特化型機解除戰鬥待機狀態，各自放下魔導兵裝。整個船隊慢慢地恢復平靜。

戰鬥的緊繃氣氛在空中消散流逝。艾爾確認過周圍的情況後，才鬆了一口氣。

「因為沒有聯絡方式，我原本還很擔心會怎麼樣呢。」

「那也不能直接從正面衝過來啊。」

老大逼上前質問悠哉解釋的艾爾。這時，從上空傳來了一陣慘叫聲：

「艾～爾～這個很難降落欸——!?」

「啊！」

艾爾愣了一下轉過頭，眼前是卡薩薩奇正不穩地左右搖晃的畫面。它手上托抱著的小魔導師也緊張地上下揮動手臂，對背後的人說：

「亞、亞蒂老師！請冷靜!?等、快停下來……!?」

「應、應該，沒問題。呃，是這個嗎？」

「呀！啊啊，艾爾老師，救命……」

「伊迦爾卡的駕駛座為什麼會有這麼多按鈕啦——!?」

看到伊迦爾卡開始做出宛如痙攣的動作，就連艾爾也焦急地拔出了銃杖。

「我要過去一下。」

「噢、噢，那我先去叫大家集合。」

還來不及阻止，艾爾便再次回到空中。老大目送他的背影逐漸遠去，忍不住發出一聲嘆息。

「真是的，這麼久沒見，結果他還是老樣子。完全不改他的風格！」

話是這麼說，老大的嘴角卻掛著掩飾不住的笑意。他踏著輕快的腳步走回船裡。

◆

——騎士團長，歸還。

這個消息有如暴風席捲般迅速在船隊中散播。

「喂，聽說團長回來了！」

「真的假的？從哪出現的？」

「他個子那麼小，說不定……是乘著風飛過來的。」

「太可怕了。因為很有這個可能，才特別可怕。」

「噢噢，真的好可怕。」

傳聲管中充滿團員們交換訊息的閒聊。他們很快拋下手邊的工作，陸陸續續聚集到船艙。

在眾所矚目之下，升降機的齒輪咯吱作響，開始下降。直到親眼看見出現在台座上的身影，所有人都陷入目瞪口呆的境地。

齒輪發出摩擦聲響，升降機慢慢進入船內。

「噢噢，這是……」

看到出雲船內的光景，小魔導師不禁瞪大了四隻眼睛。

船艙內擺滿飛翔騎士，更後方還有各中隊的近戰特化型機。在機體的腳下，幻晶甲冑忙碌地穿梭其間。

光是他們使用的騎士，規模就相當於巨人族的一個氏族。一想清楚這樣的東西飛越天空來到此地意味著什麼，小魔導師的身體不禁微微發抖。

艾爾來到全神貫注、睜大眼睛的小魔導師腳邊說：

「如何？小魔導師。這就是我帶領的銀鳳騎士團。」

「……西方的小鬼族。既然有這等力量，自然能夠和汙穢之獸一較高下，吾親眼見識到了。」

站在她背後的古拉林德從駕駛座上傳來了聲音：

「那個什麼汙穢的是在說蟲型魔獸嗎？我們在來的路上受到牠們妨礙，不過也打落了幾隻。」

「多麼勇猛啊。這裡所有人都是『勇者』嗎？」

她沒有懷疑迪特里希的話。經過剛才那場戰鬥，她已親身體會到小鬼族飛行幻獸的力量，不自覺握緊了拳頭。

當升降機一到達船艙，周圍的團員們便一擁而上。他們根本來不及反應，就被大家的嘈雜聲吞沒。

「噢噢！真的是團長！」

「艾爾！亞蒂也在！幸好你們平安無事！」

「我就知道你們還活著……話說那個到底是什麼？」

「這……該不會是伊迦爾卡？」

「一點都不像。被改得面目全非啦……」

「巴特，好久不見！雖然很辛苦，可是因為我和艾爾在一起，所以沒關係！」

「不，話不能那樣說吧……」

「那個女孩子好高大!?幻晶騎士？不對，是魔獸？」

「有、有四個眼睛欸。」

「啊啊，還是騎士團好。有這麼多幻晶騎士，讓人心情平靜～」

「所以那是決鬥級巨人？博庫斯大樹海太恐怖了吧！」

「應該說，團長你怎麼跟人家混那麼熟？」

「仔細一看還挺可愛的。」

「喂，你……」

「我倒想問為什麼它只有一半？下半身到哪去了？」

「咦？那還得做另一半嗎？饒了我吧。」

「比那個村子的人還要多呢。老師的氏族在小鬼族中也很有勢力嗎？」

「那個東西比飛翔騎士還要快？真的假的。」

「鋼鐵的香氣如此芬芳。」

「很難說。我們的規模還算小吧。」

「這樣算小……小鬼族真不容小覷。」

「咿咿咿咿咿咿說話了啊啊啊啊啊!?」

「那個到底是什麼東西!?」

「啊啊啊你們吵死啦————!!!!」

再也忍不住的老大開口大喝一聲，終於讓現場安靜了下來。連小魔導師都不自覺地閉上嘴巴，端正站好。所有人的視線不約而同地集中到某一處，身處中心的艾爾迅速舉起手。

「議長，請允許我發言。」

「什麼啊？團長，快點解釋清楚！還有誰是議長啊!?」

「那我簡單說明一下。」

老大深深嘆了一口氣，向後退了一步。

接著，艾爾就像往常一樣站在騎士團面前，總覺得完全不像是隔了好幾個月沒見到大家，神色自然地融入群體之中。他先伸手轉向臉色有點緊張的小魔導師。

「她是在這個森林裡建立勢力的『巨人族』其中一人。巨人族分成很多不同的氏族，她代表了『凱爾勒斯氏族』，並且擔任小魔導師一職。」

「承蒙老師介紹，吾為四眼位的小魔導師。」

小魔導師環顧眾人一眼之後這麼說。團員們之間掀起一陣驚訝的吵嚷聲。

「嗚喔喔，不是我聽錯，我聽得懂她說話。」

「我們可以和巨人溝通嗎？」

「正如大家聽到的，我們可以和巨人族溝通。這段期間發生了很多事情……總之，我在她的凱爾勒斯氏族那裡打擾了一陣子。」

「那倒是沒關係。不過，艾爾涅斯帝。」

古拉林德轉過頭，還坐在機體上的迪特里希透過擴音器發問：

「她為什麼叫你老師？」

「因為我和艾爾有教小魔導師魔法啊！」

「是，吾正在向老師們學習。」

「……受不了，你們到底在幹嘛？」

迪特里希刻意操作古拉林德的機體做出扶額搖頭的動作。

「這是必要的。因為這個地方的巨人氏族之間正在戰爭。」

「！什麼……？」

艾爾的一句話，使原本鬆懈的氣氛一下子變得緊繃。

確認所有人的注意力再次回到他身上後，艾爾繼續說明。關於巨人族爭奪王位，以及最大氏族和小氏族的事情——

「其中重要的有兩件事。首先是最大氏族——盧貝氏族當成兵器驅使的魔獸，牠們被稱作汙穢之獸，也就是我們說的蟲型魔獸。」

「把魔獸當成武器來用？怎麼可能。」

「畢竟我們也會馴服馬匹。從巨人的角度來看，到決鬥級程度的魔獸應該都可以馴養吧。」

「但那個蟲型的魔獸……」

眾人的困惑和疑問捲起漩渦。

騎士團和汙穢之獸因緣匪淺。弗雷梅維拉王國的騎士本來就是為了與魔獸戰鬥而存在，尤其絕不可能放過汙穢之獸。牠們擁有的能力對於幻晶騎士和飛空船來說非常致命。

「還有一件事，我認為這更重要……」

艾爾看起來有些欲言又止，團員們不由得緊張起來。他們無法想像有什麼事情能讓那個騎士團長感到猶豫。

果然，他們所做的心理準備沒有白費。

「住在這個森林裡的不只有巨人族，還有……第一次森伐遠征軍的後裔。」

沒有人開口議論。因為眾人都還需要一點時間理解艾爾話中的意思。

的確，並非從未有人踏足博庫斯大樹海。過去森伐遠征軍懷著滿腔野心闖進森林，但正因為他們全軍覆沒，人們才會把森林當成禁忌之地。

再說，派出遠征軍早已是好幾百年前的事情。人們一直認為，就算再度進入森林也很難找到他們遺留的痕跡。至今仍有倖存者的子孫住在這裡的情況，更遠遠超乎大家的想像。

看著一張張困惑的面孔，艾爾回過頭，向他們展示停駐在背後的異物。只有上半身的幻晶騎士，過去曾為伊迦爾卡的東西——

「這架卡薩薩奇是利用伊迦爾卡的殘骸做成的。建造的是居住在這裡的小鬼族，也就是森伐遠征軍的後代。」

「哦，虧他們做得出這麼古怪的東西。」

老大斜眼看著卡薩薩奇沉聲說道。身為銀鳳騎士團的鍛造師隊隊長，同時也是建造了伊迦爾卡的技術人員，自然會被激起好奇心。至於聽過詳情之後是否還能保持神智清醒，又是另一回事了。

艾爾點了點頭，接著說：

「這也是藉由改良源素浮揚器才勉強飛起來的。」

「慢著，你說什麼？」

「我和巨人族有過約定，所以正好在找你們。」

「約定？巨人族找我們到底有什麼事？」

艾爾微微一笑，正要開口的時候，船艙中響起了急促尖銳的鐘聲。

「喔，等一下！飛翔騎士歸還了！維修班就位——！」

「準備收納——！會有點危險，大家先退到後面——！」

團員們聽到消息後便急忙開始行動。小魔導師則靠在角落裡，興致盎然地觀察他們。

與此同時，船艙的後門打開了。

飛翔騎士從天空的另一邊逐漸靠近。起重腕機配合其速度伸長，抓住飛翔騎士後送進內部。

「艾爾老師，小鬼族的飛空船真是有趣啊。」

「對吧，因為這是大家齊心協力做的。」

艾爾得意地挺起胸膛。期間，飛翔騎士的搬運也結束了。片刻後，騎操士們穿過人牆走了過來。

「哇，真的是團長啊！」

「咦？團長真的在！所以剛才那個東西是團長在駕駛？難怪我們抓不到……」

「就是說啊——世界上怎麼會有那麼噁心的機動魔獸。」

「真虧艾德加隊長會注意到。那個怎麼看都不像幻晶騎士吧。」

第一中隊的騎操士們一看到艾爾就吵鬧著簇擁上來。有人高興，有人感嘆，場面一時顯得有些混亂。艾德加則站在那些騎操士的最後面。

他大步走到站著的艾爾面前，猛地抓住那顆微微歪著的腦袋，開始把他的頭髮揉得亂七八糟。

「喔喔喔喔，艾德加學長，快停下來。頭髮會亂掉……」

「艾、艾德加學長！等一下！那樣看起來好有趣，我也想玩！」

艾德加不顧亞蒂的制止（？），繼續揉著艾爾的頭髮好一會兒，最後才嘆了一口氣收手。

「很高興看到你平安回來……但是，就不能老實一點回來嗎？艾爾涅斯帝。」

「唔。因為手邊沒有留下任何可用的東西。還是說我駕駛幻晶騎士跟你扭打在一起，然後從外面直接飛到你的駕駛座上拜訪比較好？」

「請容我鄭重拒絕。不管怎樣……」

艾德加臉上浮現淺笑，退後一步，端正站姿。

「幸虧您平安無事地回來了，騎士團長。」

「嗯，我回來了。」

歷經重重波折，銀鳳騎士團終於迎回他們的騎士團長。

◆

「……這裡是哪裡？」

小鬼族的騎士・札卡萊亞一臉茫然地仰望天花板。

他的記憶只到自己乘坐在卡薩薩奇手掌上移動的部分。依稀記得後來好像聽到他們發現了什麼東西，但在弄清楚是什麼之前，他就因為強烈的慣性和風壓而失去知覺。

「喔，客人醒了嗎？稍等一下，我去稟報騎士團長。」

當他仍處於混亂、無法掌握情況的時候，一直照料著他的人就跑去叫人了。沒多久，艾爾來到他面前。

「札卡萊亞先生，幸好你沒事。看到你癱在卡薩薩奇的手掌上，從臉上流出各種液體時，我還以為你已經不行了呢。」

「我好歹……也受過騎士訓練。那麼，這裡是？」

「飛空船。你現在在我們西方之民使用的飛空船上。起得來嗎？」

大致檢查身體狀況，確定沒事以後，札卡萊亞點點頭。他很快下了床，跟在自告奮勇當起嚮導的艾爾身後。

自此，他將迎來人生中最誇張的一連串驚奇。

流瀉出彩虹色光輝、用途不明的巨大機器。船艙中整齊排列的幻晶騎士。至於那些呈半人半魚姿態、被稱為飛翔騎士的機體，即使在見慣了幻獸騎士的他眼中也是怪異至極。

「這就是……傳說中西方之地的力量嗎？」

「還不到傳說的地步吧。騎士團的所有人都是來這裡找我的。」

僅憑札卡萊亞的知識和經驗，尚且無法評估這個騎士團的全貌和力量。只能衷心感謝小王(奧伯朗)當初沒有輕忽這個率領騎士團的少年團長，並與他結成對等關係的判斷。

船艙中央那一帶聚集了很多人。亞蒂、老大，以及各中隊隊長。在一旁的小魔導師和團員們有說有笑地聊天。

這明明是銀鳳騎士團團員們第一次接觸巨人，他們卻相對輕易地接納了小魔導師。

巨人族的存在確實是一種威脅。不過，小魔導師同時是艾爾和亞蒂的學生。說起來，和騎士團成員都處於差不多的立場，所以彼此很快就打成了一片。

注意到艾爾領著札卡萊亞到場，眾人說話的聲音自然漸漸變小。艾爾站定後，看著所有人說：

「巨人族凱爾勒斯氏族的小魔導師、小鬼族騎士札卡萊亞、藍鷹騎士團的諾拉，銀鳳騎士團中隊長迪特里希、艾德加、海薇，同旗艦出雲的船長達維……還有我，騎士團長艾爾涅斯帝。既然各自的代表都到齊了……」

有空閒的團員們也在旁觀看。在大家的注視之下，艾爾宣布開始討論：

「那麼，我想談談今後的方針。」

# 第六十七話　決定目的吧

「話說，這還真是奇怪的陣容啊。」

老大抱著胳膊沉聲說道。與會成員多半是從屬銀鳳騎士團的熟面孔，是其他參加者太過特別了。

其中一位是巨人族的少女。小魔導師老老實實地端坐，應該是認為這場討論會的主導權在於小鬼族（在她看來，銀鳳騎士團也包含在內）吧。

「巨人……啊。他們的存在是很驚人沒錯，但只要語言相通，就可以攜手合作。這點和魔獸可不一樣。」

「而且她那麼乖巧聽話，是個好孩子呢。」

「沒錯。我的學生非常聰明喔！」

艾德加抬頭看向小魔導師。一旁的海薇和亞蒂聊得好不熱絡。至於倚靠在牆邊的迪特里希則說：

「關於之後的事……坦白講，既然已經找到艾爾涅斯帝，我是很想盡快回國啦。」

銀鳳騎士團團員們一致表示同意。他們大老遠追著騎士團長來到這裡的主要目的，可以說已經達成了。

「請等一下。」

一個穿著陌生裝備的騎士在此時喊停。此人的裝備是用魔獸毛皮和甲殼組合而成，布料之類的材料很少。那樣的設計在弗雷梅維拉王國以及西方諸國都不怎麼常見。他是小鬼族的騎士，札卡萊亞。

「西方之民啊，帶來天上的飛船與傳說中的幻晶騎士的戰士們，有件事情務必拜託你們，還請各位先聽我一言。」

在場的小鬼族只有他一人。能否在這裡說服銀鳳騎士團，勢必將對小鬼族今後前進的道路產生巨大影響。札卡萊亞那張一本正經的臉流露強烈的使命感。

團員們彼此對看了一眼，迪特里希則沉默地示意他說下去。

「正如大家所聞，被巨人稱為小鬼族的我們，是過去被喚作森伐遠征軍的人們的後代子孫。往昔的計畫以失敗告終，我們的祖先歸順於巨人們，苟延殘喘至今。為了在充滿魔獸的森林裡生存下去，他們別無選擇。」

札卡萊亞環視眾人，語帶懇切地訴說：

「長久以來我們隱忍按捺，但這樣的生活不會永遠持續下去。我希望從現在開始改變歷史。巨人族之間的戰爭，盧貝氏族的傲慢……時機已經成熟，絕不能錯過這個機會。正因如此，我才希望舊時的同胞能夠仗義相助。你們擁有的力量足以實現解放小鬼族的目標！」

聽到他這番熱情演說，團員們紛紛低聲耳語。

札卡萊亞的訴求雖然打動人心，卻還不至於讓他們馬上做出決斷。畢竟他們沒有親眼見過小鬼族的生活，沒辦法對他話中的熱忱產生共鳴。

「如果你們真是森伐遠征軍的後代，而且過著艱苦生活，我是很想伸出援手……」

艾德加有些猶豫地抬頭看了看旁邊。小魔導師只是慢慢地轉動四隻眼睛，像是在考慮什麼。

他對於和巨人戰鬥一事還沒有真實感。巨人族的存在本身是很驚人，不過最初遇見的巨人小魔導師給他的印象還不錯，也影響了他的決定。說穿了，就是艾德加沒有戰鬥的理由。

「那個人是這麼說的，騎士團長（艾爾涅斯帝）又打算怎麼做？巨人族和小鬼族你都親眼看過了吧？我想聽聽你的判斷。」

「嗯，我會參戰。」

聽到艾爾涅斯帝爽快的回答，迪特里希微微瞇起眼睛，眼中沒有否定的色彩。他離開了牆壁說：

「哎，我早預料到了。再說你也和巨人族的小姐在一起。那就沒辦法啦，我們銀鳳騎士團會聽從團長的意志……」

「不，請等一下。」

正要講到結論的時候，艾爾打斷了他的話。艾爾對眨了眨眼的迪特里希果斷地說：

「只有我和亞蒂要參加巨人族的戰爭，沒有必要讓大家都加入。」

船艙內頓時充滿錯愕的氣氛。

迪特里希瞪大眼睛，整個人定格一般看著艾爾的臉。此時，先有動作的人是艾德加。

「……艾爾涅斯帝，這話是什麼意思？」

「對啊。和平常一樣帶上我們吧。何況我們也不可能丟下你們不管。」

老大也是一臉不知所措的表情。銀鳳騎士團是為了艾爾涅斯帝成立的集團。依照往常的做法，騎士團都會在戰鬥和技術方面跟著他指示的方向行動。就算曾經別離一段時間，騎士團的存在意義也不會因此改變。

艾爾考慮片刻後，抬起臉說：

「墜落到森林裡以後，我們遇見了巨人族和小魔導師。起初有過一點爭執，但我們還是靠著互相幫助，在森林裡存活下來。」

他轉過頭仰臉看向小魔導師，她的四隻眼睛同樣平靜地回望他。

「對抗盧貝氏族的戰鬥本來就是巨人族內部的鬥爭。小魔導師他們也沒有要求我們參戰。

但是，對方有些作為讓我不能諒解。有借有還，因此我有戰鬥的理由，可是這些都和你們無關。你們沒有必要參與多餘的戰爭。」

他的發言掀起一陣驚訝的吵嚷聲。團員們竊竊私語，交換彼此的意見。

「那亞蒂怎麼想？」

海薇看向旁邊。亞蒂走到小魔導師身旁，抬頭挺胸地說：

「當然要參戰。我們也是凱爾勒斯氏族的一份子吧？我才不會在這裡退出。」

「老師……啊啊，非常感謝。」

「妳這老師當得挺有模有樣嘛。」

先不說與小魔導師已經有點交情的海薇，艾德加在思考過後開口：

「那戰力怎麼辦？艾爾涅斯帝，你的力量我們也很清楚，但巨人是有如幻晶騎士那樣的存在吧。只多兩個人又能改變什麼？」

「至少有卡薩薩奇。它的外型雖然奇怪，不過好歹也是用伊迦爾卡的軀體為基礎改造的。足夠和巨人族並肩作戰了。」

這時，身體僵住的迪特里希隨著一聲長嘆恢復活動。

「原來是這樣。我有時真不明白你這傢伙是任性還是忠於原則。到底在搞什麼……」

到處都能聽見交談的聲音。銀鳳騎士團的去向交由每個人的意思決定。反覆無常的騎士團長所提出的問題，讓大家開始探討各自的答案。

相對的，現狀也讓札卡萊亞感到焦急。

「請、請等一下，埃切貝里亞大人，既然您有戰鬥的理由，為什麼不直接下令!?這裡的人都是您帶領的騎士團吧？我不是懷疑您的力量，但也認為不應白白放棄如此強大的後援！」

從他的角度來看，不只艾爾，最好能把整個銀鳳騎士團計入小鬼族的戰力之中，絕不能因為個人自作主張而輕率決定。可惜他還沒有找到能夠說服這個怪異集團的材料，這也是事實。

「是我帶領的騎士團沒錯，所以剛才我也做出指示了啊。」

札卡萊亞不禁瞪大眼睛。

「那怎麼行……你、你們難道能接受？你們不是為了找他，才千里迢迢來到這座森林深處的嗎！」

「你說得沒錯。銀鳳騎士團畢竟是紀律嚴謹的集團，我們會遵從騎士團長閣下的命令，所以接下來大家愛怎麼做就怎麼做了。」

迪特里希假裝沒看到其他人「你還好意思說？」的眼神，這麼斷言。

「何況團長這麼隨心所欲也不是一兩天的事了。好啦，我先去借艘船過來。」

「喔，迪隊長，我也過去！」

「怎麼辦？在這裡乾等好像會很閒。」

「我對巨人的戰鬥能力很感興趣。他們比魔獸還強嗎？」

「不會吧，第二中隊也太多戰鬥狂了吧。」

「放心，小魔導師！我是站在妳這邊的！」

「汝……」

「好好，離遠一點～小魔導師是我的學生，我不准你們用奇怪的眼神看她。」

「過分，太不講理了!?」

根本沒有所謂的帶領或指揮，每個人感興趣的方向和行動都亂七八糟。這樣真的能統合成一個騎士團的集團嗎？札卡萊亞不僅難以置信，心情也十分沮喪。

「……你們那樣還算騎士嗎……!!」

這到底是什麼情況？所謂的騎士團，應該是受到統率的集團，為什麼每個人都隨心所欲地行動——

小鬼族的騎士，或者騎操士都是特權階級，同時肩負駕駛幻獸騎士的義務。在小王（奧伯朗）的統治下，不得任性妄為。況且幻獸騎士的數量本來就有限，也有不少人欲伺機奪取這個位置，根本不能讓人抓到任何把柄。他們絕對不是這樣隨心所欲的集團。

他強忍著頭暈的感覺，搖搖晃晃地走到艾爾身邊。

「埃切貝里亞大人，請您再考慮一下。既然您身為騎士團長，就該表現出符合身分地位的舉止風範！」

艾爾作為領袖這點不容置疑。因為所有騎士團成員都聽從他的話並採取行動。如果能說服他，就還有一線希望。

可是，艾爾卻緩緩地搖頭。

「有必要的話我當然會指揮，但是現在沒有必要。」

「你怎麼能說得那麼老神在在!?」

札卡萊亞咬住下唇。明明擁有這般足以左右戰爭局面的力量，這些行使力量的人卻個個隨興至極，讓人完全無法應付。這樣下去，連要和西方之民建立合作關係都有困難。

「不行……我該怎麼做才好？這種狀況……不得不向小王請示……」

情況已經超過札卡萊亞可以應付的範圍，他連聲招呼也不打，便悄悄離開了現場。

在他身後，騎士團嘈雜的人聲仍持續發酵。

◆

海薇嘆了口氣，走向還在吵鬧的第二中隊。她悄悄靠近迪特里希背後，冷不防朝他腦袋劈下一記手刀。

「嗚喔！幹、幹嘛啊？海薇，不可以突然對別人行使暴力。」

「都怪你說了那種蠢話，那個小鬼族的人太傻眼，不知道跑哪去了啦。」

迪特里希按著腦袋環顧四周。的確沒看到那個自稱札卡萊亞的小鬼族騎士。

「唔，不小心表現得太一如往常了啊。」

「不要讓我們騎士團太丟臉好不好？小魔導師也在看呢。」

小魔導師只是納悶地微偏著頭。對於以氏族為單位生活的巨人族而言，銀鳳騎士團這個組織實在非常令人難以理解。不過話說回來，他們即使在弗雷梅維拉王國也算極其特殊的集團。

這時，一直默不作聲思考的艾德加開口了：

「對了……艾爾涅斯帝，如果整個騎士團都參戰會怎樣？那對我們來說有價值嗎？」

「巨人和我們，兩個分離生存的種族，如今既然以這種形式相遇，就再也不能視而不見了吧。接下來的問題是，彼此今後將建立什麼樣的關係。如你所見，我們也可以攜手合作……」

艾爾回答的同時，抬頭看著小魔導師。她平靜地傾聽他們的對話。

「其中也有無法合作的對象，尤其是過於蠻橫的盧貝氏族，他們還把小鬼族當成僕人使喚。雖然能以幻晶騎士對抗他們，不過那樣事情只會愈來愈麻煩。」

人與巨人，目前還有這個廣闊的森林將雙方分隔兩地，但既然已清楚認識到彼此的存在，想必無法繼續維持原狀。畢竟人類還擁有飛空船這項強而有力的機械，對於距離的概念也會不斷縮短吧。

「你的意思是說，在和巨大的人——他們建立關係的基礎上，我們有必要展現力量嗎？」

「要是得依賴他們才能存活，那我們來到大樹海就沒有意義了。」

若說這場戰爭與人類毫無關聯，那也不見得。因為小鬼族正處於紛亂的中心，這將會連帶影響他們和人類的關係。銀鳳騎士團會在這樣的局面下來到此地，應該是某種上天的安排吧。

聽著他們交談的迪特里希突然拍了拍手心說：

「嗯。那就這樣吧。我會跟著團長走，想來的人再來就好。其他人幫我們保留退路，最好可以找個據點。」

「啊，有個好地方可以當成據點。」

「那我們就去叨擾一陣子吧。」

「收到！據點先交給我們壓制！」

「我們該怎麼辦呢……」

於是，第一中隊與本隊分開，第二中隊也立刻決定好該如何行動。第三中隊猶豫片刻之後，決定跟著本隊走。海薇雖然有些不情願，但她也能預料本隊和汙穢之獸戰鬥的情況。這邊需要戰力。

那麼，最後就是鍛造師隊了。

「我要維修保養少年的機體，所以要跟他走。」

「老大，我先把維修班分好組喔。」

「噢，交給你了。」

銀鳳騎士團因此大致分成了兩組——跟著艾爾的人和確保據點的人。當然，飛空船也各自分配好。一旦決定了方針，接下來就簡單了。團員們紛紛開始閒聊。

「對了，在這裡弄得到食物嗎？」

「好像會待上很長一段時間。」

「不能拜託巨人嗎？」

「我們要吃魔獸？」

「魔獸還滿好吃的喔。」

「團長莫名變得好強悍……」

「好，第二中隊，那邊的船就當成我們的據點。把機體搬上去。」

「是!!」

有個人靜靜佇立在不遠處，和喧譁吵鬧的團員們隔了一段距離。儘管幾乎感覺不到她的氣息，但她沒有漏聽旁人說的話。艾爾走到她身旁說：

「諾拉小姐，我有另一件事想拜託藍鷹騎士團。」

「是要我們調查這個地方吧。」

諾拉搶在他之前開口，艾爾臉上露出柔和的微笑。滲透、調查方面的工作，正是藍鷹騎士團這個間諜組織的價值所在。

「巨人那邊有小魔導師在，可以暫時放著不管，不需要進行潛入偵查……我想知道的是小鬼族的事情。」

「第一次森伐遠征後，他們如何存活下來，以及接下來有何企圖。」

「正確答案。不愧是諾拉小姐。」

艾爾輕輕拍手，諾拉也以微笑回應他的稱讚。接著，艾爾忽然正色道：

「這裡畢竟是大樹海，切忌勉強行動。要是覺得很難得到成果，請盡快撤退。」

「請交給我們。藍鷹騎士團會將沉睡在魔物森林的故事……調查個水落石出。」

諾拉・弗克貝里躬身行了一禮。後方的藍鷹騎士團應該早已開始行動了吧。他們的動作迅速且毫不留情，操縱著幻晶甲冑和飛翔騎士，前往魔物森林的各個角落蒐集情報。

◆

中隊長們討論過後，逐一制定出具體的行動方案。其中，很快完成鍛造師隊分組的老大向艾爾提出一個重要問題。

「唷，少年，你要繼續使用卡薩薩奇嗎？」

「我是這麼打算……啊，該不會……」

「你猜得沒錯，因為我當時看到伊迦爾卡壞了，於是帶了整整一架伊迦爾卡的備用零件過來。組裝起來可能得花點時間，不過還是修得好。」

艾爾難得露出目瞪口呆的表情，整個人僵住了。老大心裡想著：『光是看到這個表情，把東西帶來就值回票價了』這種無關緊要的感想。

過了一會兒才重新開機的艾爾僵硬地轉動脖子，視線前方是那個只有上半身的幻晶騎士。他抬頭凝視，然後又停止了動作。

「你要怎麼做？我也沒想過事情會變成這樣。難道你想就那樣放著伊迦爾卡不管？」

「嗚、嗚嗚。啊啊……可是……」

艾爾宛如幽靈般在卡薩薩奇和伊迦爾卡（的零件）之間徘徊。

伊迦爾卡是他的希望，是傾注了全副身心創造出來的夥伴。然而，卡薩薩奇確實也是歷經一番同甘共苦的搭檔，更具備極其特殊的功能。這問題真可怕，彷彿在天秤兩端逐漸堆起同等貴重的事物，讓他左右為難。

「想要啟動伊迦爾卡……就需要皇之心臟和女皇之冠，但是卡薩薩奇少了它們也動不了。不管哪一邊都需要大量魔力以維持其功能……」

對，能行動的只有一個。這真是個終極兩難的選擇。

陷入沉思的艾爾，身體開始微微顫抖，看不下去的老大於是建議：

「我說啊，乾脆把那個卡薩薩奇的功能轉移到伊迦爾卡上不就好了？少年，你放心交給我。我們可是銀鳳騎士團的鍛造師隊！一定會確實完成的。」

艾爾瞪大眼睛轉頭，臉上顯露從來沒被逼到如此地步的神色，嚇得老大忍不住退後一步。

「…………我會繼續使用卡薩薩奇。沒有它的話，就不能帶著小魔導師走了。她接下來還有……重要的任務必須完成。當然，我比誰都清楚老大的實力。只怕現在沒有多餘的時間等待大改裝了。」

艾爾忍著椎心之痛做出了決斷。卡薩薩奇最大的特徵——開放型源素浮揚器是一種極為特殊的裝置。由於是一鼓作氣趕工而成的機體，只能靠輸出強行運作，而且其中的原理和構造只有艾爾才清楚。就算老大親自出馬，可能也很難處理。

更進一步來說，為了實現壓倒性的戰鬥能力，伊迦爾卡的機殼內早就被各式各樣的裝置儀器塞到了極限，實在沒有餘力再容納這樣的功能。如果想要兼具兩者全部的功能，就得重新做一個新的外殼。這更是難上加難。

理解詳情後，老大還是忍不住大聲嘆息。

「虧我還大老遠把伊迦爾卡帶過來，而且這傢伙是騎士團的顏面。這點對卡薩薩奇來說負擔太重了吧。」

「只有回弗雷梅維拉之前的這段時間而已。回去以後我再冷靜想想……」

「好！那就這麼決定了！」

這時候，亞蒂突然介入兩人之間，倏地指向伊迦爾卡的零件，轉頭對艾爾說：

「你不用的話，伊迦爾卡可以讓我駕駛嗎!?」

「妳要駕駛？」

聽到意外的提議，艾爾一時愣住了。

「你想想，艾爾，我們用了伊迦爾卡和小席的材料做出卡薩薩奇，然後還剩下一個完整的心臟部位對吧？」

「是、是啊。因為光靠那個地方有的材料，實在做不出另一具機體。」

他們拼湊了仍然完好的零件，才好不容易做出卡薩薩奇，還不得不放棄下半身。裝在席爾斐亞涅中的心臟還留在村子裡。

「所以，用小席的心臟讓伊迦爾卡動起來！怎麼樣？」

聽了亞蒂的建議後，老大用手撫著下巴思考片刻，但他隨即皺起眉頭。

「席爾斐亞涅裝載的爐心是普及品吧？那就有點勉強了。要是沒有那個大爐，可支撐不了伊迦爾卡那個超級大胃王。」

「咦～是喔？我還以為這是個好主意耶——」

亞蒂不滿地轉動手指。老大稍微計算了一下，沉吟著點點頭說：

「但也不是不可能。應該可以稍微下點工夫蒙混過去。只是不能像少年操縱時那樣飛來飛去，而且各種功能都會受到限制。」

「那還是辦得到囉！」

「我懂了。讓它繼續沉睡下去也很可惜，那就拜託亞蒂了。」

艾爾點頭同意。亞蒂雀躍地撲向他。

「交給我吧！我會好好保護伊迦爾卡直到還給你為止！嗯嗯，這也是妻子的職責嘛嘻嘻嘻嘻嘻。」

「呃——嗯，好，伊迦爾卡就拜託妳照顧了。」

老大從遠處望著陶醉地用臉頰磨蹭艾爾的亞蒂，偷偷戳了戳在旁邊的迪特里希問：

「喂，她說什麼妻子？小姑娘到底怎麼了？」

「因為艾爾涅斯帝太遲鈍了，她搞不好產生了奇怪的妄想。」

「太遲了嗎……真令人遺憾。」

兩人一齊聳了聳肩，而亞蒂根本沒把旁人擅自推論的註解放在心上，只是心滿意足地緊抱住艾爾。

◆

強風吹過出雲號的上層甲板。在這個幾乎沒什麼人會來的地方，出現了札卡萊亞的身影。

他先環顧四周，確認四下無人之後，從懷裡拿出一個筒子。擰開塞子等了一會兒後，有隻小蟲從裡面爬出。看起來像是某種甲蟲，下顎發出喀嘰喀嘰的聲音。

他用獨特的音調咂了咂舌，蟲子便乖乖在筒子邊緣停住。札卡萊亞迅速地把書信綁在蟲子身體上，再次發出咂舌聲。只見蟲子張開翅膀，發出彩虹色燐光飛向天空。

「拜託了。我沒辦法應付西方之民。替我稟告小王（奧伯朗）……」

小蟲子很快融入天空，難以窺見其形影。札卡萊亞把筒子放回懷裡，一回頭，就發現前方有個人影，頓時嚇得停止了動作。

「原來如此。這就是你們的聯繫方式。」

是艾爾涅斯帝。札卡萊亞闔起欲言又止的嘴巴，然後慢慢張開。

「……您看見了嗎？但是，您並沒有阻止。」

「對。因為我同意讓你以聯絡人員的身分跟過來，當然知道你會進行聯絡。如果還有其他想知道的事情，請不必客氣，我會在合理範圍內為你介紹。」

艾爾留下一抹溫和的微笑後就回去了。札卡萊亞目送著他的背影，擦掉在不知不覺間飆出的汗水。

「他到底是什麼意思？這個騎士團又是怎麼回事？西方之民到底都在想什麼……!?」

這個根本無解的問題讓他傷透了腦筋。

於是，銀鳳騎士團就這樣牽扯進巨人族和小鬼族的命運之中。在當事人毫不知情的狀況下，事態混亂的程度愈漸加深。

◆

飛空船從博庫斯大樹海繁茂的樹林上方航行前進。

組成銀鳳騎士團飛空船隊的船各自改變航向，逐漸形成新的集團。以旗艦飛翼母船出雲號為中心，加上幾艘運輸型飛空船組成主力打擊船隊，第二中隊占據的船也包含在其中；另一方面，是以強襲登陸船為中心組成的據點壓制船隊，這邊則是以第一中隊為主力，並且由亞蒂指路。

除了大致分成兩邊的集團之外，還有一艘悄悄離開的船隻——藍鷹騎士團單獨進行諜報活動而操縱的船。弗雷梅維拉王國的騎士們，就這樣慢慢滲透到森林各處並展開行動——

目送飛空船隊離開後，艾爾涅斯帝回到出雲的船艙內。

那裡是個四處堆著幻晶騎士和零件的雜亂空間。在分船隊的時候，由於急著交換貨物，所以都還來不及整理。在這一團亂之中，老大今天也面對著只有上半身的異形幻晶騎士——卡薩薩奇不斷撓頭。

「喂，這到底是什麼鬼！不光是魔獸的材料！還把木材裝到幻晶騎士裡!!」

卸下由魔獸甲殼加工製成的外裝，正要檢查內部構造時，結果詭異物品一個接一個出現。卡薩薩奇的內部像是廣集各種怪異和不可思議零件裝置組成的博覽會。

「居然做了個這麼可怕的東西……完全搞不懂這傢伙怎麼運作。」

憑良心講，每個零件的加工技術都不算精良，更別提許多倉促趕工完成的部分。多餘的可動部位都被減到最低，外觀還呈現下半身徹底消失的前衛設計。以幻晶騎士的標準來看，它理應是個大型垃圾才對。甚至連伊迦爾卡的缺陷都不比它誇張。

然而可怕的是，這個機體卻擁有獨一無二且絕對的價值。

「我該佩服你想得出這種東西嗎？真受不了，一陣子沒盯緊你，就不曉得你會搞出什麼大

麻煩。」

若不是出自博庫斯大樹海這個既沒有材料，也沒技術的地方，這架機體恐怕無法被創造出來。不如說，在這麼嚴苛的情況下還想重建幻晶騎士，這樣的想法本來就夠瘋狂了。老大再次切身體會到艾爾涅斯帝對於幻晶騎士的執著，表情變得十分僵硬。

原本在旁邊和小魔導師交談的艾爾對他說：

「老大，要研究是可以，但是不要拆過頭了。我過幾天還要帶小魔導師出去。」

「喔，我知道。毀損的部位我會修好，可是不先弄清楚裡面的構造，就算要修也沒辦法吧。這種東西我只會看看，才不會把它全拆了。」

老大像在趕小狗一樣揮了揮手之後，又鑽進了卡薩薩奇的內部開始研究。

「在外裝和骨骼上全都刻入紋章術式啊。提升強度和……莫名其妙的術式混在一起，難怪少不了皇之心臟。這傢伙的耗魔量根本就比伊迦爾卡還大啊。」

即使是標準的幻晶騎士，也絕不能少了強化魔法的輔助來維持機體。話雖是這麼說，但卡薩薩奇這樣的例子還是極為異常。設計與構築魔法術式——若不是精通這兩者的艾爾涅斯帝，就不可能做出這樣的機體。

「不只是強化。這大概就是開放型源素浮揚器的真面目。」

卡薩薩奇不光是外型怪異的幻晶騎士，也可以說是『異形的魔導兵裝』。它是用來代替源素浮揚器的功能而設計、世界上唯一的魔法裝置。這才是卡薩薩奇最重要的價值。

「……根本不可能把這傢伙的功能裝到伊迦爾卡裡。至少現在還不行。」

身為銀鳳騎士團的鍛造師隊隊長，老大對自己的本事多少有點自信，唯獨這架特殊機體讓他不得不舉白旗投降。要是沒有深入理解功能和結構，再以齊全的設備埋頭苦幹一番的話，就無法重現相同的東西。他冷靜地承認了現實。

「少年做的東西多半都很瘋狂，其中最扯的就是這傢伙。好久沒興奮得渾身發抖了。不過……就是這樣才有意思。」

他擦掉不知何時從額頭上流下的汗水。

「挪用魔力儲蓄量來抽出乙太啊。這想法簡直太離譜，結果那傢伙卻簡簡單單地實現了。真有意思。你也不要以為我會一直原地踏步……」

老大的嘴角不自覺露出笑容。

目前只能做些應急的維修處理。老大對部屬下達指示，並修理壞掉的可動式追加裝甲，同時鉅細靡遺地研究卡薩薩奇的結構直到最後一刻。

◆

把熱衷於調查卡薩薩奇的老大晾在一邊，剩下的人接著討論今後的行動方針。

「既然順利和騎士團的大家會合了，接下來就是前往弗拉姆氏族那裡……」

「要成立諸氏族聯軍，這一點沒有變嗎？」

小魔導師高興地頻頻點頭。她已經達成弗拉姆氏族提出的條件，接著就是透過他們集結各個氏族，組成聯軍了。

聽過說明的迪特里希搔搔頭。

「總覺得好拐彎抹角啊。那個敵對的氏族，是叫盧貝氏族嗎？直接和他們打會有什麼問題嗎？」

他不解地偏著頭問。

「紅色小鬼族的勇者……汝名為迪，是嗎？只有汝等就能夠打敗盧貝氏族，此話當真？」

「巨人族再怎麼強大，每個人頂多就跟幻晶騎士差不多吧？那就只是數量的問題了，要打也有方法。因為我們有船，占有機動性的優勢。」

小魔導師的四隻眼睛注視著迪特里希，然後慢慢把頭轉向艾爾，對方點了點頭。

「如果小王（奧伯朗）能夠按照約定控制住汙穢之獸就有可能。掌握制空權的一方會更有利，這些我會慢慢教妳。」

小魔導師略為垂下眼簾。包括艾爾在內的小鬼族人都不像在撒謊，而他們也不是傲慢，只是很單純地瞭解自己的力量而已。當她沉浸在自己的思緒中時，艾爾站了起來，環顧在場的人說：

「不過，光靠我們出面去打盧貝氏族不能說是明智之舉。這樣沒辦法達到目的。」

「就算打贏了也不行？」

「問題在於順序和……說服力。必須藉由巨人族的手來討伐盧貝氏族。至少他們必須舉行問答。」

沒錯，不是可不可能的問題。假如藉由銀鳳騎士團——小鬼族的手打敗盧貝氏族，剩下的巨人們絕對無法信服。這樣一來，諸氏族就會陷入混亂，結果又將引發新的爭鬥。

「所以，集合各個氏族，在巨人們的戰鬥中得出結論。同時展現我們的力量，以免『人類』今後繼續受到輕視。」

「我懂了。這一仗可不好打啊。」

迪特里希的視線轉向站在靠角落的札卡萊亞。

「這樣不就能達到你們的目的了？」

「在打倒盧貝氏族這一點上，這樣或許可以吧。但是，如果真的能打倒巨人……」

札卡萊亞瞥了一眼小魔導師後閉上嘴。迪特里希聳聳肩。看來小鬼族對巨人族的感受相當複雜。

艾爾走到小魔導師腳邊。

「小魔導師，我們將為自己而戰。」

「沒關係，老師。雖然彼此看法各異，但走的是相同的道路。吾等凱爾勒斯氏族不會忘記小鬼族的付出。」

小魔導師點頭表示同意。對於大多數巨人來說，小鬼族只不過是無關緊要的存在。然而，正因為和艾爾相處過，凱爾勒斯氏族才知道並不是這麼回事。

「那麼，我們就前往弗拉姆氏族的聚落吧。要準備開戰了。」

聽團長這麼說，銀鳳騎士團的團員們全都堅定地點頭予以回應。

◆

當出雲剛進入巨人族的領域時，在一段遙遠的距離以外，某個小鬼族的村莊。

凱爾勒斯氏族曾造訪過這個村子，此地因此被捲入與魔獸之間的戰鬥。那次戰鬥的痕跡依然鮮明地殘留著。儘管房屋的重建工作進行得相當快速，但也都是些應急用的臨時住宅。

環境比以前更加艱苦，村人們的生活絕對算不上輕鬆。他們將和巨人族、上城貴族們一起旅行的小騎士所說的話銘記於心，每天努力地打拚過活。

就在某一天，一個可怕的異常變化來到這個村子。

正要到田裡幹活的村人們目瞪口呆地仰望天空。他們周圍的陽光黯淡下來，落下巨大的影子。那並非因為天上流動的雲所致。

有個巨大物體伴隨低沉的呼嘯聲橫空而過。就算村人們孤陋寡聞，好歹也知道那個由木材和鋼鐵組合建造而成的東西絕不是自然的產物。

「那是……什麼？不是魔獸。」

「難道是巨人族的大人們要來……」

「說什麼蠢話，他們怎麼可能在空中飛。」

有很多像魚一樣、外觀卻絕不會讓人認錯的奇怪東西，在巨大的物體附近飛來飛去，似乎在保護著它。難道那是像魚一樣的東西的『巢穴』嗎？

「竟然有這種事。怎麼會在騎士大人還沒回來前……」

「得、得趕快逃走才行。」

「能逃去哪裡？我們根本沒有任何依靠……」

他們只能愣愣地杵在原地。一無所有的小鬼族確實沒有抵抗怪異之物的力量。

就在這時，從緩緩在空中前進的巨大物體中，有什麼東西飛了出來。

原本像塵埃一樣大小的東西掉落的高度愈低，形狀也愈發清晰。看起來像是個穿戴高大全身鎧甲的人。

全身鎧甲的人在快要靠近地面時，噴出一陣狂風減速，然後慢慢降落。在村人們屏氣凝神的注視下，鎧甲中的人一把掀開頭盔，親暱地開口搭話：

「大家好久不見！過得還好嗎？」

從頭盔下露出的熟悉臉龐——竟然是亞黛爾楚。村人們個個張大了嘴巴僵在原地，直到過了一會兒，村長急急忙忙地趕來後，他們才總算回過神來。村長輪流看著亞蒂和上空的船。

「騎、騎士大人，想不到您這麼快就回來了……那麼，天上的那些東西都是隨同您過來的嗎？」

說不定是未知的幻獸騎士。他們以前曾經協助建造卡薩薩奇。不見得沒有超越那個機體的存在。亞蒂苦笑著搖頭否定他們的疑問。

「那是我們騎士團的船。我來是為了拿放在這裡的小席的心臟部位。」

「啊，是。我們鄭重地保管著它，就跟您離開的時候一樣完好。」

村長顫抖著點頭。隨後，亞蒂很高興地提出另一個要求。

「還有啊，我是和騎士團一起來的，想說這裡有個據點比較方便。能不能再把村子的設備借我們使用呢？我們當然會贈送謝禮，而且會盡量不打擾你們！」

「您言重了。雖然這個地方什麼都沒有，但還請各位客人隨意使用。」

「謝謝！那我聯絡一下。」

亞蒂發射出裝在幻晶甲冑上的信號法彈。耀眼的光彈隨即傳達交涉成功的信號予船上的人。

確認信號之後，飛空船便開始降低高度。在降到夠低的高度時，船底的門打開，一架又一架幻晶騎士在身後拖著齒輪和鐵鍊所合奏出的尖銳聲響開始空降。

首先是身上穿戴著白銀色鎧甲的重裝甲騎士，那是第一中隊隊長機阿迪拉德坎伯。隊員們的卡迪托雷緊跟在後，陸續降落到地面上。鎧甲上描繪的白色十字顯得格外鮮明。轉眼間，一個中隊的幻晶騎士就出現在村子裡。

村人們全都說不出話，目光專注得幾乎容納不下其他任何事物。身披鋼鐵鎧甲，不同於巨人的巨大人型機械『幻晶騎士』，是只出現在傳說中，保護人類的存在。

「喔喔……想不到在我活著的時候，居然能看到這般景象。」

淚水從感動不已的村長臉上流下。

這時，阿迪拉德坎伯的胸部裝甲打開，艾德加走了下來。他跟亞蒂說了幾句話後，便直接走到村長身邊問候。

「各位就是小鬼族……這個村子的村人吧。我的名字是艾德加・C・布蘭雪，負責帶領銀鳳騎士團第一中隊。前幾天，本騎士團的團長和團長輔佐受您諸多照顧了。」

「啊，不！哪裡！受到幫助的應該是我們才對……」

「可是，我聽說因為和巨人族接觸而引起戰鬥，使村子遭受嚴重損害。」

「這個……啊啊！對了，真是非常抱歉。現在村子裡沒有可以提供各位使用的房子……」

村長像是忽然想到此事，十分惶恐地低下頭。

這裡的設施只能勉強供村人們使用。他們並沒有考慮到有客人來訪的情況。總不能把騎士們帶到倒塌的房子裡。艾德加看著村長為難的樣子點了點頭，然後用令人安心的聲音說：

「我明白了。既然是受到魔獸破壞的村子，那就不能置之不理。請不用費心替我們準備。」

艾德加一回到阿迪拉德坎伯的駕駛座上，就抓住擴音器下令：

「大家聽好，首先協助村子的重建工作。對魔獸災害的支援活動，預估受害程度相當嚴重。和船隊聯絡，大家立刻行動。」

「是！」

第一中隊的卡迪托雷們毫不猶豫地開始行動。

銀鳳騎士團平時看似行動隨便、不受拘束，但他們仍然是弗雷梅維拉王國騎士團的一份子。抵禦魔獸侵襲，並在村子遭受損害時協助重建，這可以說是身為騎士最初就要學習的基本事項。

很快的，穿著幻晶甲冑的部隊從飛空船裡三三兩兩地跳了下來。受過『大氣壓縮推進』訓練的騎士們，動作流暢地降落地面，並且行動起來。

「第一班組成。我們去調查周邊的物資狀況，順便偵察一下有沒有魔獸。」

「第二班組成。應該有許多不要的瓦礫吧？我們稍微打掃一下。」

「剩下的人是第三班，把船上的貨物搬下來吧。我去跟村人協調看看。」

「那麼，鍛造師隊就是第四班，在材料蒐集好以前先提出建築計畫。」

「瞭解。請讓我看看你們的建築物喔——」

在又一次目瞪口呆的村人面前，銀鳳騎士團稍微商量了一下之後，便氣勢洶洶地開始活動。動作看上去極為熟練。

「到底發生了什麼事……」

跟不上事態發展的村人們只能在一旁看著。一切都太過突然。然而，他們也模模糊糊地理解到，眼下正在發生某種比巨人族造訪時更重大的變化。

◆

遭受戰鬥波及而殘破不堪的村子，在短短幾天的時間內宛如重生般，變得比以前更加氣派。

名為幻晶騎士、巨大且強力的搬運機械，再搭配幻晶甲冑這種善於靈活機動的工作機器，使得工作效率大為提高。在一臉錯愕的村人們面前，一棟棟房屋快轉似地一下子就蓋好了。

「機會難得，也蓋一棟我們的宿舍吧——」

「對喔。我也開始想念住在地上的生活了——」

「我想要床！軟綿綿的那種！」

「喂喂，這裡可沒有棉花。」

「有沒有適合的魔獸啊？有獸毛的傢伙。」

「嗯——偵查的時候好像有瞄到毛皮很不錯的傢伙。」

「好，來去打獵囉。」

三兩下就重建好村莊的銀鳳騎士團團員們一時手癢，結果連自己的住處也蓋了，現在又為了獲得材料準備去狩獵。由卡迪托雷帶頭，幻晶甲冑部隊魚貫進入森林。

改變外貌的不只有建築物。村子外圍有數架幻晶騎士採停機姿勢排成一排，鍛造師們忙碌地穿梭其間；更有穿著幻晶甲冑的部隊在附近站崗放哨；空中停著飛空船，供飛翔騎士們稍作休息。

這裡已經是個很壯觀的據點了。

野獸撞倒樹木，埋頭猛衝——

牠顫抖著被分類為決鬥級的巨軀，沒命地奔跑。一旦停下腳步，就會被追在後頭的那些矮小猛獸咬住不放。生物不分大小，其生命的本質大概就是為求生存而不斷掙扎吧。

「那隻毛很多，把牠堵死。」

「要確實給牠致命一擊，不要製造太多傷口。」

「來吧，把軟綿綿的床交出來。」

矮小卻無比凶惡的追殺者緊跟不放。明明大小不及野獸的腳部，卻個個擁有恐怖的攻擊力和強烈無比的執念。

起初被破壞的是腳，等到獵物的動作變得遲鈍後，就輪到眼睛被攻擊、奪走了視野。要是野獸發狂開始橫衝直撞，他們就馬上拉開距離，再伺機瞄準破綻製造傷害。野獸穩定漸進地變得虛弱。對手很小，卻毫不留情。牠已經無處可逃。

受傷的腳動彈不得，流失的血量相當多。野獸蹲伏在地，發出虛弱無力的吼叫。

在樹木上跳躍移動著追來的矮小人影包圍魔獸——這是牠最後一絲意識中所留下的景象。

前去迎接的幻晶騎士抱著巨大魔獸歸來，走在旁邊的幻晶甲冑隊員們悠哉地聊著剛才和魔獸戰鬥的經過。身上覆滿獸毛的魔獸已經死亡，將會直接被搬運到解體小屋加工製成材料。

雖然不曉得是第幾次了，但村人們依然只能傻傻看著他們的行動。

「那、那些騎士大人們難道自己去狩獵了嗎？」

「喔喔，竟然有這種事。不用幻獸騎士，僅靠血肉之軀狩獵……」

不靠幻獸騎士或幻晶騎士的力量成功獵捕到魔獸。穿著那麼小的幻晶甲冑，卻壓根不把體型巨大的決鬥級魔獸放在眼裡。親眼目睹騎士們的力量之後，村人慢慢察覺——

「確實有什麼正在改變。」

「對，那些人……或許真的能改變小鬼族（我們）的生存方式。」

村人們望著煥然一新、住起來舒適許多的村莊，只能呆愣地如此喃喃自語。

這時候，位在村子裡某個隱蔽角落的鍛造工房中，鍛造師隊的隊員們高興地手舞足蹈起來。

「很齊全啊！這可不是簡易設備！太棒了。」

「哦，果然還是這樣比較輕鬆嗎？」

一同進來檢查的艾德加一這麼問，他們馬上舉起拳頭極力主張：

「那還用說！是要做巨人用護具的吧？足夠了。」

「雖然還不習慣這地方，不過應該可以做到。」

「可別小看我們。在克沙佩加那時候還得到處跑去維修咧！」

「有個地方落腳的話，當然更輕鬆了！」

像是為了證明此話並非虛假，大夥兒馬上幹勁十足地開工。各式各樣的零件從飛空船上被送了下來，其中還包括一架特殊的機體。

「你要組裝伊迦爾卡嗎？」

「嗯，放心交給我。雖然老大不在，不過我們也都把整備方法記在腦子裡了。」

伊迦爾卡不同部位的零件被逐一組裝起來，接著再把席爾斐亞涅的心臟部位搬運進去。剩下的兩座魔力轉換爐提高輸出動力，讓魔力流入相連的銀線神經中。強化魔法隨即發動，逐一連結提高了強度的零件。

正如這樣的自信心，他們動作熟練地完成了工作。在這個魔物森林・博庫斯大樹海的深處，由巨人們統治的地區一隅，伊迦爾卡漸漸恢復原本的樣貌。

亞蒂望著順利裝配而成的機體，臉上忍不住綻開微笑。

「艾爾，伊迦爾卡修好囉。雖然動力有點低，而且我也不一定能駕駛得像艾爾一樣好。」

「不用擔心，亞蒂。老大有傳授我們一個秘技。」

「咦？快告訴我——？」

看到鍛造師攤開的圖紙，亞蒂露出驚訝的表情。

「哦——這樣就可以在空中戰鬥了。」

「放心交給我們。反正伊迦爾卡的功能本來就相當過剩，做法要多少有多少。」

她回頭看向伊迦爾卡。那張平常看了會覺得嚇人的鬼面，現在卻顯得很無聊的樣子。

「等到完成以後，還得練習怎麼操作呢。」

亞蒂回想起它原本的持有者，嘴角揚起一抹滿足的微笑。如果能操縱伊迦爾卡，不論到哪裡都能陪在他身邊了吧。她渾身充滿幹勁，準備朝向未來猛衝。

不知不覺間，村子裡懸掛起一面旗子，上面描繪著展翅的銀色鳳凰紋章。在魔獸們的樂園，博庫斯大樹海正中央，勢力的版圖悄然發生變化——

# 第六十八話　提問者與被提問者

巨人族各個氏族生活的聚落，散布在魔物森林各處。

說起來，氏族之間的關係絕不能說非常良好。

獲取糧食的獵場重疊，或者因為彼此看不順眼。從很久以前開始，就總是有各種理由造成紛爭不斷，自然形成了現今各個氏族分離居住的形式。

一群巨人帶著消息出現在諸氏族的聚落面前。他們是弗拉姆氏族派出的使者。

傳遞的消息內容只有一個——「召集所有人以舉行賢人問答」。

「問答……居然是弗拉姆氏族？彼輩是瞎了不成？總不會忘了凱爾勒斯悲慘的下場吧！」

收到消息的諸氏族莫不感到詫異，但他們沒有猶豫多久，便很快答應了參與問答。如此，各氏族再次齊聚一堂。

森林裡一片開闢出來的廣場上，被成群巨人們占據。如同過去回應凱爾勒斯氏族的號召一樣，除了盧貝氏族之外，大部分氏族都派了使者到場。

「各氏族已齊聚到場。弗拉姆氏族，讓吾聽聽今晚的問答內容吧。」

面對這些興奮逼問的巨人們，弗拉姆氏族族長的五眼位魔導師只是閉著眼，不發一語。

然後，在數不清的視線注目之下，魔導師緩緩張開五隻眼睛站起身。雖然弗拉姆氏族是個性較溫和的群體，但仍不改他們身為巨人族的事實。五眼位魔導師從他高大的軀體散發平靜的魄力，並環顧四周。

「……提出問答並非吾等之使命。現在只需等待時機到來。」

「這是怎麼回事？號召諸氏族前來的可是汝輩啊。」

疑惑的議論聲在巨人們之間散播。

「凱爾勒斯因過於憨直而被奪去了眼睛。然而，吾等也未必能繼續安穩度日。」

「可惡的盧貝氏族！彼輩奸詐狡猾，肯定不認為心懷不滿的只有凱爾勒斯吧。」

「吾等亦不能保有安泰……汝莫不是因為這個原因才召集了諸氏族？」

過去成立的諸氏族聯軍，因為號召的中心——凱爾勒斯氏族的滅亡而解散。

然而，雖說只是暫時成立，諸氏族到底還是和盧貝氏族形成敵對。即使打倒了主謀，盧貝氏族不見得會就此放過他們。接下來會是哪個氏族成為靶子——人人心中都懷有這樣的不安。

正當此時，一陣笑聲響起。

「哼，全怪凱爾勒斯之輩看走了眼！無自知之明者，百眼不會錯過降下裁決！」

「亞特爾氏族，但是……」

一個五眼巨人從名為亞特爾氏族的集團中走了出來。他咧開嘴一笑，環視著面帶困惑的諸氏族巨人們。

「沒有必要同愚蠢之輩看一樣的景色！即使像這樣聚在一起，也得不出什麼好答案。吾有說錯嗎!?」

諸氏族無力的視線變得游移不定。他們全是弱小的氏族，才認為需要諸氏族聯軍，但就算湊起來的人數再多，也不代表個體會變強。

「亞特爾氏族。」

聽見平靜的呼喚，五眼巨人回過頭。

聲音來自弗拉姆氏族的魔導師。儘管他出聲呼喚，視線卻依然停在空中。

「有人能夠回答汝的問題。看吧，真正要提出問題的人出現了。」

「什麼……？」

五眼巨人撇下嘴角，慢慢隨著他的視線方向看去，然後看見了在天空中隱隱生輝的七彩虹光。

「那光芒，是汙穢之獸嗎！」

「不對，樣子不太對勁。」

巨人們立刻擺出戰鬥態勢。賢人問答是巨人族的神聖儀式，絕不容許被打擾。何況汙穢之獸又是所有氏族的仇敵。

「安靜！……那不是魔獸。各位，讓吾等歡迎客人到來。」

弗拉姆氏族制止了激動的諸氏族。弗拉姆氏族知道光的真面目嗎？──疑惑的情緒在巨人們之間蔓延。

與此同時，光芒也靠得愈來愈近，從廣場上空慢慢降低高度。

在巨人們屏氣凝神的注視下，一個巨人從閃著彩虹色的光環中心跳了出來。是個在巨人族中身材偏矮小的『少女』。她在眾人愕然的視線中一躍而下。

「狂風前來！」

她的身體受到捲起的風支撐而減速，慢慢地降落到陸地上。面對那些跟不上太過突然的發展而不知所措的諸氏族，她大聲宣布：

「吾為凱爾勒斯氏族的四眼位小魔導師，是委託弗拉姆氏族舉行這場問答之人！」

聽到小魔導師的宣言，巨人們不禁為之譁然。

弗拉姆氏族的五眼位魔導師站在她旁邊，表示她毫無疑問是發起者。

「什麼！這場問答是那時候的延續嗎？」

「要再次成立諸氏族聯軍嗎……！」

聽見激動的交談聲，亞特爾氏族的五眼位巨人瞪大了眼睛。他不悅地抿著嘴角，用手推開巨人們，擋在小魔導師面前。

「竟敢欺矇吾輩！凱爾勒斯氏族早已返還眼瞳！並遭受盧貝氏族和汙穢之獸襲擊了，不是嗎!!」

「確實不少同胞返還了眼瞳，然而吾等僥倖存活下來……即使承受了汙穢的折磨，也要將其卑劣行徑傳達給諸氏族。」

面對從高處俯瞰的五個眼睛，小魔導師毫不退縮地瞪了回去。

「盧貝氏族卑劣地弄髒了眼睛。甚至沒有舉行問答，就派出汙穢之獸前來侵犯！彼輩早已忘了百眼正在看望的事情!!」

面對沒有絲毫怯色的小魔導師，五眼巨人一瞬間垮下臉，但是又很快恢復從容的神色。

「誠然，彼輩傲慢且卑劣。不過，凱爾勒斯這些眼瞳快要閉上的氏族又還剩多少力量！吾等怎麼可能受汝煽動而舉行問答！」

五眼位巨人臉上浮現游刃有餘的微笑，俯視小魔導師。

「汝等就順從地閉上眼睛吧。在不得不派出這樣年幼眼睛出面的當下，汝等的實力早就被摸得一清二楚啦！」

亞特爾氏族的發言在諸氏族之間渲染開來，眾人的熱情一下子被澆熄了。

「噢，汙穢之獸仍然存在，這樣就會再犯真眼之亂時的錯誤。」

「吾等贏不了。完全不是彼輩的對手……請原諒，凱爾勒斯。」

真眼之亂。

在名為『問答』的鬥爭正酣時派出汙穢之獸，其所造成的威脅深深烙印在每個氏族心底。有如無法痊癒的傷口流出膿液，疼痛一點一點折磨巨人的心。

目睹了凱爾勒斯氏族的悽慘下場後，疼痛進一步削弱了巨人們的鬥志。

小魔導師皺起眉頭。

「汝又何必白白浪費倖存的眼睛。大可加入彼氏族麾下……或者要來到吾等陣營也可以。四眼位的眼睛就十分符合資格了。」

五眼位巨人不懷好意地揚起嘴角。諸氏族已萌生退意，小魔導師又孤身一人。照這樣下去，絕不可能說服眾人吧，她露出苦澀的扭曲表情。此時只有一個聲音站在擁護她的立場。

「不要閉上眼。答案就是那個吧？凱爾勒斯。」

「……是的。」

弗拉姆氏族的族長定睛仰望天空。他的視線彼端，是停滯於空中的卡薩薩奇。

小魔導師指向天空，以毅然決然的眼神看著諸氏族。

「將許多眼瞳返還的吾等確實幾乎失去了氏族的力量。但是！沒有必要繼續注視同樣的景色。這裡還有新的同胞加入!!」

她挺起胸膛，大方地向眾人宣告，卡薩薩奇像是為了回應她似地動了起來，增強彩虹色的光輝往更高處飛去，接著發射照明彈。巨人們只能愣愣地注視著空中耀眼的光輝。

沒多久，光芒黯淡下來，天空又恢復了原來的樣子。同時，他們也注意到有什麼東西正穿過高遠的雲間逐漸靠近。

「那個……不是魔獸。在天上飛行的東西是……!?」

呼嘯的風聲也傳到他們耳中。巨人們一句話也說不出來，只是瞪大了眼睛仰望著天空。

——巨大的，連巨人們都無可與之相比的龐大物體，悠悠地在空中前進。

那個物體比起過去見過的任何魔獸都巨大。飛翼母船出雲的威容震懾了巨人族。飛翔騎士發出尖銳的噴射聲來回飛行，許多騎士像在出雲周圍游泳一樣守護它。

親眼看見頭頂上陣容浩大的神秘軍隊，亞特爾氏族的五眼位巨人下意識退後了幾步。他緊繃著發抖的身體，目光凌厲地瞪向小魔導師。

「凱爾勒斯……汝、汝等！看見了什麼!?」

彷彿哀嚎的質問沒有得到回答。小魔導師只是專注地凝視天空。

◆

飛空船隊平穩地航行。其中一艘船脫離集團來到最前頭，那是第二中隊搭乘的船隻。

飛空船內的銀鳳騎士團員們忙碌地東奔西走。對地面上的混亂情況毫不知情。

「哎呀哎呀，想不到會在這種地方讓這個東西亮相。」

「下面不是有一大堆巨人？總不能連船一起降落吧。」

從古拉林德裡傳來迪特里希的抱怨聲，巴特森則是大聲吼了回去。老大交代過，在場的鍛造師由他來指揮。

「怎樣？挺有氣勢的吧？」

古拉林德全身覆蓋著和可動式追加裝甲一樣的裝甲板。給人的印象為之一變，簡直就像第一中隊機的重裝備。

「看得出來。時間差不多了吧？」

「好，輪到我們出場了！」

第二中隊的隊員們聲音洪亮地應和。他們的機體也和古拉林德一樣裝上了追加裝甲。

「好了，各位，就跟那些巨人們盛大地打聲招呼吧——！」

「瞭解！」

巴特森的信號一下，船底就被打開。以古拉林德為首的第二中隊機依序被空投至目標所在地。

第二中隊被拋進翻騰起伏的氣流當中。但是，其中有一個奇怪的地方。從飛空船投下幻晶騎士的時候，通常會用鎖鏈垂降的方式。假如在未經減速的情況下墜落，就算是再怎麼堅固的幻晶騎士也無法承受衝擊。

明知如此，他們還是沒有任何支撐就躍入空中。它們並不是飛翔騎士，而是近戰特化型機體。

魯莽行動的原因很快揭曉。

「上吧！展開『空降用追加裝甲』!!」

緊接著，包圍古拉林德的裝甲展開成有如翅膀的形狀，但無論多麼巨大的翅膀，也不可能支撐住幻晶騎士的重量。真正的目的在這之後。

「啟動簡易源素浮揚器！」

彩虹色的光輝流瀉而出，形成了微弱的浮揚力場。儘管無法支撐機體，卻也足夠減緩降落速度。

所謂的空降用追加裝甲，是一種小型化並省略補充功能的簡易型源素浮揚器，能夠賦予幻晶騎士空降功能，是最先進的裝備。

展開的裝甲乘上氣流，將墜落的勢頭轉為推進力，讓幻晶騎士們像滑翔一樣開始在空中前進。看到像怪鳥般飛翔的幻晶騎士，巨人們頓時騷動起來，其中甚至有人舉起了武器。

在平穩降落的同時，古拉林德轉頭張望四周。看見地上一片混亂的場面，忍不住發出苦笑。

「明明完全按照計畫進行。可是這樣一來，我們怎麼看都是來幹架的啊。」

「不，迪隊長，我們就是來幹架的。」

「哇，真的有一大堆巨人。」

第二中隊放聲哈哈大笑，闖進巨人們統治的大地。

他們以小魔導師為目標，使裝甲像翅膀一樣展開，靠近地面滑行。再用雙腳蹬向地面減慢勢頭，然後立即進入警戒狀態。

他們拿起武器並展開背面武裝，空降用追加裝甲配置在左右兩側，當成增加裝甲。第二中隊以小魔導師為中心圍成一個圓，與巨人們相對而立。

全身包覆鋼鐵的巨人們無預警地從空中現身。諸氏族一時猜不出它們的來歷，陷入緊張和

沉默的狀態。

「好了，小魔導師，接下來就交給妳了。這裡由妳主持對吧？」

「知道了，戰士迪。」

小魔導師走過古拉林德身旁，來到亞特爾氏族面前。

「聽著，各氏族的人們！吾等雖返還了眼瞳，卻幸而得到新的同胞加入。在空中飛翔的戰士！鋼鐵的戰士們！皆為擊退了汙穢之獸的勇者！彼等非巨人族……而是小鬼族與其幻獸!!」

◆

小魔導師如此宣告之後，有那麼一瞬間，周圍變得鴉雀無聲，接著又很快在巨人族中掀起軒然大波。

「什……小鬼族!?難不成汝是想依附那種東西嗎？」

「居然說彼等除掉了汙穢之獸，這可是汝親眼所見？」

「愚蠢。凱爾勒斯果然是眼瞳將要閉上的氏族……」

眾人議論的言詞多數都偏向否定。這也難怪，從巨人族的角度來看，小鬼族（以及人類）不過是卑微渺小的存在。以前就算知道小鬼族擁有幻晶騎士，卻也沒能完全掌握其實力。

面對眼前可說是意料之中的反應，小魔導師毅然決然地踏出一步。

「不可輕視彼等！彼等小鬼族驅使幻獸，其力量比起吾等毫不遜色！站在各位面前的可是多次打倒汙穢之獸的勇者!!」

「汝瞎了眼嗎？誰會相信那種鬼話！」

在騷亂不安的氣氛中，亞特爾氏族巨人突然扯開嗓門喊道。五眼位巨人逼近小魔法師，傲慢地低頭看著她。

「渺小之人終究不值一提。凱爾勒斯啊，吾大可送汝一程前往百眼尊前，免得汝再繼續丟人現眼。」

「亞特爾氏族，稍安勿躁。問答尚未得到答案。」

正當五眼位的巨人伸出手時，弗拉姆氏族的魔導師上前介入他與小魔導師之間。雙方都是五眼位，他仗著不遜於亞特爾氏族的巨大身軀互相較勁。

「弗拉姆氏族……不，無論如何！舉行問答本就無益。結果彼輩居然還找來小鬼族湊數。這般胡鬧，汝竟然也承認了！」

五眼位巨人把矛頭指向弗拉姆氏族的魔導師。兩個巨人各持己見，互不相讓。

小魔導師躲在弗拉姆氏族魔導師背後，悄悄環顧四周。各氏族沒有表示同意，但整體上看來更贊同亞特爾氏族的意見。雖然凱爾勒斯氏族存活之事，以及飛空船隊的登場都令他們相當震撼，卻也還不足以推翻巨人族的認知。因此，有必要改變『前提條件』——

小魔導師下定決心回過頭，正想開口說出請求，與此同時，一架幻晶騎士走到她身旁。

「……戰士迪。」

「該交換前鋒了。看來這是出手攻擊的場面，如此一來就是我們的任務。」

古拉林德點點頭，定睛直視巨人們。儘管巨人們擁有許多眼睛，卻沒一個人把視線放在他們身上，從頭到尾將事情視之為巨人內部的問題，首先要改變這一點。

迪特里希清清嗓子，並提高擴音器的音量。笑容中帶著點不懷好意。

「怎麼啦？巨人！你們白長那麼多眼睛，卻看不見遠處啊！」

他採取的手段極其簡單，同時非常有效。聽見他露骨的挑釁，原本的嘈雜聲迅速消退。巨人鋒利的視線一齊集中到第二中隊上。

「……汝說什麼？」

五眼位巨人有了動作。他踏著緩慢的步伐走到第二中隊面前。

「小鬼族，汝乖乖閉嘴，吾等還可以寬容看待，但是那句話吾可不能當作沒聽見。」

「求之不得！看來你的耳朵還算正常，太好了。」

五眼位巨人憤怒地扭曲著臉。不光是他，一股險惡的情緒在各氏族之間蔓延。唯一的例外就是弗拉姆氏族的魔導師，他興致盎然地旁觀事態的發展。

「小鬼族的幻獸，憑那種冒牌貨就想與吾等平起平坐？不過是小人物的膚淺之見。」

「巨人族空有大塊頭，但好像不會做正確的判斷啊，就和野獸沒什麼兩樣。放心吧，我們很擅長狩獵野獸。」

隨著魔力轉換爐隆隆作響，進氣聲也愈發高亢，簡直像在威嚇對手。事實上他們也正有此意。相對的，五眼位散發出來的氣勢已經超越險惡的程度，進入臨戰狀態。

彼此間的火藥味變得愈來愈濃。

「區區小鬼族竟膽敢反抗吾等。多麼愚蠢……一個個都看走了眼。吾馬上就讓汝等見識到真實！」

五眼位巨人的全身充滿力量，使勁握緊的拳頭已達一觸即發的地步。

在那之前，小魔導師便高喊道：

「亞特爾氏族！若有疑問的話，就請百眼親自裁定吧。吾等在此提出問答！小鬼族是否真值得吾等與之聯手!?」

「什麼!?」

亞特爾氏族的五眼位巨人驚訝地停下腳步。諸氏族間再度掀起吵嚷聲。

「噢噢……彼挑起了問答。」

「這可是在百眼尊前，凱爾勒斯，汝能證明這一點嗎？那就讓吾等也瞧瞧吧。」

諸氏族都接受了小魔導師提出的問答，其中唯有亞特爾氏族仍持反對意見。五眼位巨人怒吼道：

「可笑！問答根本沒有必要，凱爾勒斯！現在就由吾在此揭曉汝輩之錯誤！」

「那再好不過了。反正接下來，你我只能靠自己的力量來證明。」

迪特里希也露出了凶暴的笑容點頭回應。這時，從飄在上空的卡薩薩奇中傳來一道平靜的嗓音。

「還是變成這樣了啊。讓我想起遇到勇者先生那時候的事呢。」

「嗯，老師成功地通過了問答。這樣一來，大家也能接受、理解。」

看到小魔導師點頭，艾爾悄悄嘆了口氣。第一次遇見凱爾勒斯氏族的時候，他也展現出力量，並且在之後被迎為同胞。似乎只能把這種多餘的戰鬥當成必經儀式了。

「那我就去大鬧一場了。艾爾涅斯帝，這裡由我……」

「等等，迪隊長！讓我去吧！」

古拉林德正要踏向前一步，卻有個聲音在這時打斷了他的話。第二中隊的某位隊員走了出來。

「拜託。我很好奇巨人可以打到什麼程度！」

「嗯，既然你開口了，有勝算嗎？」

「把他打趴！」

「……騎士團長，你勸勸他吧。」

「請你加油啦。」

古拉林德靈巧地做出抱頭苦嘆的姿勢。得到團長許可的隊員則高興地走過他身邊。

「艾爾涅斯帝，要是在這裡栽跟頭的話，事情就麻煩了啊。」

「到時候再說。萬一不行，最壞的情況就是從上空發射法擊說服他們。」

「那樣不叫說服。」

姑且不論背後正在進行的危險對話。

卡迪托雷雙腳穩踩大地，挺起胸膛，與亞特爾氏族的五眼巨人正面相對。只論身高的話，是巨人略勝一籌。面對機體上描繪著紅色十字的鋼鐵人形，他不悅地瞇起眼。

「區區小鬼族，就算模仿吾等的形體又有何用？」

「你自己親眼確認一下是不是只會模仿就好了。我看你的眼睛不少嘛？」

巨人的額頭上浮現青筋。

「愚蠢之輩，汝將看不見明天的日出。」

「哈！好啊。那就……」

卡迪托雷隨即做出意想不到的行動。它放下手中以及裝備在腰間的武器，甚至分開了輔助腕拿著的背面武裝，連空降用追加裝甲都卸下了。裝備陸續掉落在地上，揚起一片塵土。

身體變得非常輕盈的卡迪托雷握緊沒有武器的手，擺出了架勢。

「就讓你見識卡迪托雷的力量吧。不用武器！只用拳頭和身體戰鬥，有異議嗎!?」

「沒有！很好，吾會把汝連同那頭幻獸一起擊潰!!」

五眼位巨人也扔掉武器，齜牙咧嘴地發出咆哮。支撐著巨大身軀的肌肉發出收縮的咯吱聲響。

沒有開始的信號。兩個『巨人』各自握緊拳頭，隨即奮力蹬向地面往前急衝。

五眼位巨人充分發揮身高優勢，掄起拳頭往下毆打。卡迪托雷先避開挾帶狂風的拳頭，然後乘隙鑽入攻擊範圍內，卯足勁一拳朝其腹部打下去——可惜因為五眼位巨人扭過身體而沒能成功。

巨人緊接著用膝蓋向上頂反擊，卡迪托雷則是猛地跳開、拉開距離。

「就是那邊！上吧！給他狠狠一擊！」

「那傢伙為什麼用幻晶騎士選擇互毆的戰鬥啊？」

「考慮到失去武器的狀況，所以一直在練習格鬥？」

「到底在搞什麼？做一般的劍術訓練啦。」

「不對，戰鎚比劍更方便。連重裝甲都可以一下子破壞。」

「你們都不懂。還是斧頭好用，可以直接砍凹下去！」

「最好用的是長槍吧。攻擊距離才是重點！」

「你們有點吵喔。」

在身後第二中隊令人感激的鼓噪聲援中，卡迪托雷再次踏步向前，卻被五眼位揮出的拳頭打了回去，怎麼也無法進入攻擊距離內。

在以軀體為武器的格鬥中，高大的身體本來就是一項重要優勢。原因很簡單：不但可以有較大的攻擊範圍，而且高大的身體自然擁有較強大的腕力。如果受到巨人直接攻擊，就算是幻晶騎士也不可能完好無損。

相對的，卡迪托雷在幻晶騎士中也是輸出動力較強的機種。就算是以巨人為對手，繩索型結晶肌肉產生的力量也能發揮足夠的威力。雙方都暗藏著打倒對手的力量。

在巨人們的歡聲沸騰中，肉身的巨人和鋼鐵巨人揮拳互搏。

「操縱幻獸的終究是小鬼族！那種程度就想在問答中得到啟示，未免太過恬不知恥！」

「結果怎樣還很難說吧！」

五眼位巨人的手臂帶著一股風勢橫掠過空中。卡迪托雷敏捷地避開攻擊，立刻出拳瞄準對方的臉部。五眼的巨人側過上半身躲避，然後張開雙臂，猛地抓住卡迪托雷。

「什麼！」

明白躲不開的卡迪托雷反而正面回應了。兩個巨人抓住彼此的拳頭纏鬥在一起，肌肉鼓脹，竭盡全力奮戰。

五眼位巨人進一步利用優越的身高，將體重壓向對手。壓在卡迪托雷身上的負荷增加，使結晶肌肉發出擠壓的聲響，雙腳慢慢陷入地面，如實呈現出負荷有多麼沉重。然而，即使受到五眼位巨人的腕力和重量壓制，卡迪托雷還在忍耐硬撐。

互相推擠的兩個巨人，在諸氏族之間引發另一波驚訝的喧譁聲。

「竟然能與五眼位對抗？」

「那就是小鬼族的幻獸……能夠和上眼位匹敵，簡直有如勇者啊。」

基本上，巨人族的眼位愈高，體格和身體能力也會隨之提升。到了五眼位這個等級，光基礎能力就已是出類拔萃地強大。眼見卡迪托雷展示出足以抗衡的力量，巨人們不禁刮目相看。

「唔唔，竟然壓不過去……!?」

「加油，卡迪托雷！現在就是卯足全力的時候!!」

進氣聲愈來愈嘹亮，魔力轉換爐再一次提高輸出功率。機體全身都散發出朦朧的光芒，激發了強化魔法的作用，讓卡迪托雷一點一點地把巨人推回去。

五眼位巨人第一次顯露焦急的神情。他想都沒想過，小鬼族做出的冒牌貨居然能發揮出和五眼位的自己相當的力量。不，應該說——

「可恨！絕不可能有這種事!!」

五眼位巨人對周圍的反應相當不滿，但小鬼族的玩具卻是意外頑強的對手。

「汝終究不是真正的巨人，不過是憑蠻力抵抗的程度，少得意忘形！」

五眼位巨人在此時突然減輕了施加的力道，害得全力對抗的卡迪托雷一下子失去支撐，往前栽倒。這當然在巨人的預料之中，他再次踏步向前，高高掄起的拳頭立刻朝冒牌貨揮下。

「糟了！快躲開！」

迪特里希大叫示警，可是卡迪托雷已經失去平衡、無法躲避。從頭頂上猛力揮來的拳頭命中卡迪托雷的肩膀。

由於衝擊過大，裝甲嚴重凹陷。內部的結晶肌肉破碎裂開，碎片散落在周圍。衝擊力直達骨骼，關節亦扭曲斷裂。整隻左臂幾乎要從機體上脫落，再也無法使用。

「哼！就給汝一個痛快吧，小鬼族!!」

一隻手臂被破壞，卡迪托雷的軀體歪向一邊。它受到的損害太大，所有人都確信五眼巨人即將獲得勝利。其中，只有一個人還沒有失去鬥志。

「哈！破壞了一隻手就大意輕敵！我看你全身都是破綻!!」

幻晶騎士是機械。即使一隻手被破壞，可是它既沒有痛覺，對於其他部分的影響也不大。巨人族沒有理解生物和機器之間本質上的差異。

卡迪托雷利用受到的攻擊反動放低姿勢，在被壓制的狀態下朝五眼位巨人由下往上擊出一記右拳，瞄準對方毫無防備的軀幹。拳頭向巨人的側腹刺去。

巨人族的軀體部位有魔獸鎧甲保護。卡迪托雷擊出的拳頭被自己的威力壓毀，但同樣的，衝擊也滲透到巨人鎧甲的內部。

「嗚咕！嘎!?」

遭受這波直達臟腑的衝擊，使五眼位巨人忍不住彎下身體。不管再怎麼強韌耐打，只要是生物，都忍受不了對內臟的衝擊。

「喝啊！拳頭壞了又怎樣!!」

卡迪托雷在原地轉了一圈，直接對著失去平衡的五眼位巨人使出卯足全力的一記迴旋踢。

——迴旋踢。在幻晶騎士漫長的歷史中，這樣的攻擊方式恐怕還是頭一遭吧。

帶著離心力的腿部裝甲漂亮地踢中巨人的側頭部。所有威力貫注其中，讓巨人整個人飛了出去。向後仰的身體在空中飄浮，然後狠狠摔向地面。揚起的塵土蓋住了五眼位巨人的身影。

「…………」

勝負只在一瞬間，這樣的結果實在太出乎意料之外。諸氏族陷入一片沉默，只是茫然注視著飛揚的塵土。不久，在逐漸變清晰的視野中，他們看到五眼位巨人倒在地上一動也不動的模樣。

亞特爾氏族的巨人們急忙跑過去，戰戰兢兢地湊近觀察後，馬上發出悲痛的呼聲。五眼位巨人翻著白眼，昏過去了。

「看到沒！是我贏了!!」

卡迪托雷舉起剩下的手臂。慢了一拍之後，諸氏族也發出吶喊。小魔導師立刻向諸氏族宣布：

「現在，提問得到了解答!!彼等小鬼族是真正的勇者！百眼明鑑!!」

「噢噢噢噢噢噢，百眼明鑑!!」

諸氏族一齊屈膝跪地，向他們的神獻上祈禱。

在這樣激昂的情緒之中，唯有亞特爾氏族的巨人們驚慌失措，不知如何是好。

「五眼位！怎麼會這樣，竟然被區區小鬼族打敗……」

「可是，答案已經揭曉，並且獲得了百眼的認可。這樣下去……」

他們抱著失去意識的五眼位巨人，匆忙離開了現場。

◆

「……哎呀哎呀，總算贏了。真是好險。」

看見隊員獲勝，第二中隊這才解除了臨戰態勢。他們一點都沒把握可以獲勝，為了以防萬一，也做好了再大鬧一場的心理準備。

「哦哦，卡迪托雷壞得可真厲害。」

「鐵定會被老大臭罵一頓。嘿嘿嘿。」

「那也不算什麼。打贏了的話就是勛章啊，勛章！」

在一隻手臂差點脫落的狀態下，還能挺起胸膛大言不慚，周圍的人受不了地發出嘆息。對第二中隊這支圍毆部隊來說，機體損傷已經是家常便飯。可以說正因為如此，卡迪托雷在剛才那樣的情況下才能夠立即反擊。

他們正以自己的方式慰勞勝利者時，小魔導師回來了。她的背後站著諸氏族的巨人。

「戰士們，汝輩之幻獸足以與諸氏族並肩作戰，在座諸位都理解了此事。此外，百眼亦承認天上的東西能夠與汙穢之獸相抗衡……」

小魔導師仰望天空，眼前是飛翼母船出雲和在周圍游動的飛翔騎士。她知道其中蘊藏多麼強大的力量。因為它們是能夠高速飛行、運用魔法力量的戰士們。

她轉過身來，與諸氏族正面相對。

「吾要向諸氏族重起提問。盧貝氏族已經開始行動，安穩的日子也結束了。百眼欲再次降下考驗。」

經過小聲的私下議論後，諸氏族都下定了決心。弗拉姆氏族的魔導師代表團體的意志走向前。

「凱爾勒斯氏族，以及那些新的朋友。汝輩所擁有、在天上飛行的巨大東西，將成為擊退汙穢之獸的力量。吾等相信朋友，願意一同接受試煉。」

無論集結多少氏族，只要盧貝氏族操縱汙穢之獸，他們就沒有勝算。能夠以天空為舞台作戰的戰力，將會戲劇性地改變巨人們的劣勢。

這時，卡薩薩奇帶著彩虹色的光芒降落。

「盧貝氏族方的小鬼族也渴望自由，並且承諾會協助我們。如果順利的話，汙穢之獸應該不會來妨礙問答。至於之後會得到什麼樣的答案，全憑各位的努力。」

並肩而立的巨人們發出吶喊：

「如今正是導正真眼之亂錯誤的時候！」

「讓小小的彼等搶在前頭，有違巨人族之心！可不能在百眼尊前暴露這般醜態!!」

「吾等要提出問答！即刻出征！」

巨人們振臂高呼，陸續展開行動。小魔導師和銀鳳騎士團互相點了點頭，目送他們離開。

◆

一群巨人們用手撥開林木向前走著。他們是凱爾勒斯氏族的巨人，追隨先一步啟程的艾爾和小魔導師，正在向西前進。

由於他們是徒步，自然遠遠落後於和卡薩薩奇一起走空路的小魔導師。

「……小魔導師現在怎麼樣了呢？順利達成任務了嗎？」

巨人族少年拿布喃喃自語。小魔導師和他們分別之後已過了一段時間，理應抵達諸氏族所在的地方。

「只能靜候結果。彼也是上一代魔導師眼瞳的後繼者。即使年紀尚幼，卻能勇於正視正確之物。」

三眼位的勇者如此回答。他的三隻眼瞳望著西方天際。雖然接受了小魔導師的決定並且送她啟程，但他心中也有些迷惑。

「仔細看好了。小鬼族的勇者也在，吾等只需洞察一切真實。」

即使勇者有三隻眼睛，也無法輕易看穿前方有什麼等待著他們。

旅途中，他們感受到不知從何處傳來的地鳴聲，因而暫時停下腳步。

「這是……有東西過來了。」

「不是野獸。響聲太大了。」

「這種感覺，該不會……」

地鳴聲漸漸變強，幾乎快變成地震。一直在這個森林裡生活的他們很少遇到這樣的規模。然而，他們很快發現，過去曾有一次和眼下相同的情況。在那個聚集了所有氏族，共同挑起問答的時刻——

「喔喔……這是!?」

看到林木對面擴展開來的景象，凱爾勒斯氏族的勇者睜大了眼睛。

五顏六色的族徽旗幟在蓊鬱的樹木間飄揚。眾多用魔獸毛織成的旗幟代表了巨人們所屬的氏族，在風中飄揚，迎面而來。

「……諸氏族聯軍。」

凱爾勒斯氏族驚訝地說不出話，茫然杵在原地。真眼之亂發生後，他們就沒見過這麼多旗幟聚集在一起了。

彩虹色光芒降落到茫然而立的他們身旁。被卡薩薩奇抱在手上的小魔導師，一看見氏族同胞們便不停揮手。

「各位！吾完成了使命!!」

看見小魔導師滿面喜色，凱爾勒斯氏族爆出一陣熱烈的歡呼。

「噢噢……小魔導師，以及小鬼族的勇者!!幹得好，汝等成功了！之後就是再次對百眼挑起問答。懇請百眼明鑑!!」

三眼位的勇者閉上眼誠心祈求。諸氏族總算能夠攜手合作了。

眾多巨人朝著東方前進，所經之處皆響起隆隆地鳴，一場問答以及戰亂就在前方。

這個關於在魔物森林中居住的人們的故事，即將迎來高潮。

# 第十六章 巨人戰爭篇

# 第六十九話　真正的幻獸

由巨人族各氏族組成的諸氏族聯軍，震動森林的腳步聲有如遠處的雷鳴般迴盪。

這件事情沒多久便傳進了盧貝氏族耳中。

「……諸氏族聯軍出動了？」

他們也正在討伐諸氏族而往西進的路上。雙方早晚會遇見，只是盧貝氏族方看得更遠了一些。

統治盧貝氏族的『五眼位的偽王』，看著眼前的報告陷入沉思。

「轉眼之前還沒有任何挑起問答的跡象，如今諸氏族卻組成了聯軍，甚至已經開始行動，為什麼？莫非預見了吾等的行動？」

他閉上自己眼瞳中的三隻眼，反覆思索。他所知的氏族應該不具有綜觀大局那樣的遠見，他們目光短淺，連不遠處發生的事情也看不透，所以至今從未發生過諸氏族搶在盧貝氏族前頭行動的情況。

「彼輩應該還在為了凱爾勒斯閉上眼一事而恐懼發抖才對。究竟是誰挑起了問答？」

諸氏族理應是一群害怕汙穢之獸而閉上眼睛的膽小鬼，其中礙眼的凱爾勒斯氏族最近才被殲滅。雖然是小氏族，但看到整個氏族滅亡的下場，很難想像會有另一個氏族馬上強出頭。

「諸氏族聯軍確實正朝這裡前進。」

「即使如此，吾等要做的事情也不會改變。只是不再限於掃蕩小氏族罷了。」

「第二次的真眼之亂，不需要手下留情，將其一舉擊潰便是！」

盧貝氏族的巨人們熱血沸騰，各個顯露凶猛的戰意。他們原本就是為了戰鬥而出兵，可以說計畫並沒有改變。

偽王沒有理會同胞，仍在持續思考。

「彼等一度失去了成立諸氏族聯軍的理由，之所以再次開啟眼瞳……只能說是看到了吾等的行動。諸氏族不過是群臨時拼湊的烏合之眾，自然會有消息洩漏。那麼吾等又如何？吾等為一個氏族，又有誰移開了眼睛？」

對於巨人族來說，氏族的羈絆是絕對的，很難想像有人會從內部洩露消息。沒有哪個巨人可以從危害自己氏族這件事上得到好處。可是實際上，他們的行動還是被對方察覺了。這樣一來，自然可以縮小懷疑對象的範圍。

「不與吾等一同的眼睛……難道是，小鬼族們？」

偽王的五隻眼犀利地仰望天空。被樹木切開而截取出的天空晴朗無雲，平穩地向天際延伸。雖然他們離開百都已經有段時間，其中卻沒有不祥之獸的身影。即使不用他想，也能肯定有什麼事出了差錯。

「汙穢之獸仍未行動。可惡的魔導師，到底在幹什麼？不，這也可能是小鬼族所為……那些看不見真實的廢物。」

偽王擁有的五隻眼睛——巨人族最上位者的證明——映著邪惡之物的影子。形勢正在往和真眼之亂不同的方向發展。

可以肯定的是，汙穢之獸不會在這場問答中協助作戰。但那又如何？偽王露出了大膽無畏的笑容。

「就算憑我的眼睛看不透，我們的腳步依然不會停止。即使沒有汙穢之獸，吾等盧貝氏族仍註定是巨人的統治者!!吾親手找出問答的啟示便可!!」

既然知道諸氏族聯軍開始行動，盧貝氏族就更不能退卻了。這等損及顏面的事情他們做不出來。

偽王做出決斷，率領氏族繼續前進。不久後，雙方都會感受到森林裡迴響的腳步聲，並理解衝突就在眼前——

◆

沉重的腳步聲在森林裡響起。低微且連續不斷地搖晃，幾乎讓人以為是某種天災地變的前兆。不過，這並非自然發生。

巨人、巨人，以及更多巨人在林木間並肩行走——那是諸氏族聯軍的行進。雖然步調不完全一致，聽起來卻像是某種不可思議的旋律。

「還真不是一般地顯眼啊。」

巨人們穿戴著代表各氏族顏色的裝備，在翠綠茂密的森林中顯得格外鮮豔。『賢人問答』是巨人族一項神聖的儀式，不可在百眼尊前表現出偷偷摸摸的姿態——所以才會出現如此色彩繽紛的進軍。

「真的相當壯觀呢。」

「這般大軍移動讓我想起在克沙佩加打仗的時候。雖然色調比那個時候還要華麗。」

在巨人族的正中央，有兩架幻晶騎士和凱爾勒斯氏族一同行進。那是迪特里希的古拉林德和艾爾的卡薩薩奇。順帶一提，卡薩薩奇仍然是浮游狀態。

「巨人和幻晶騎士都不擅長躲藏，不如大大方方地進軍。」

「你跟巨人混熟得很快欸……」

坐在古拉林德肩上的海薇嘆了一口氣。她現在充當座機的飛翔騎士得費些工夫才能降落到地上，所以沒有帶出來。說起來，她也沒必要和巨人一起走，待在這裡不過是打發時間罷了。

與此同時，上空傳來帆布迎風飄揚的聲音。他們仰頭一看，一艘巨大的船艦逐漸飛越過頭頂。那是銀鳳騎士團率領的飛空船隊。在空中的飛空船和在地上行走的巨人原本速度就不一致，因此船隻盡可能謹慎前進，以免看丟了地面上色彩繽紛的記號。

有人從後方追上緩步行走的幻晶騎士。

「那就是艾爾說的小鬼族的船嗎？好厲害！真的可以和汙穢之獸戰鬥嗎!?」

巨人少年──拿布興奮地不斷發問。小魔導師跟在他身後。

小魔導師看慣了飛空船，也有搭乘的經驗，但這些對拿布來說都相當新奇。他的三隻眼睛閃著好奇的光芒，繞著古拉林德打轉。

「唔──那個幻獸！你是艾爾的氏族的人吧？」

「嗯，可以那樣說。我是迪特里希，銀鳳騎士團第二中隊長……說這個你大概也聽不懂。」

有問就答是一種禮貌，可是就算對巨人報上名號也……教人意外的是，才想到這裡，迪特里希就聽見拿布表示理解的回應。

「銀鳳騎士團？這樣啊，和我一樣！呃──那個，我記得是……」

「老師說是第四中隊。」

拿布頻頻點頭，然後不知為何挺起胸膛，表現出很高興的樣子。古拉林德同樣點頭回應，接著轉向卡薩薩奇問：

「騎士團長閣下，這是怎麼回事？」

「一開始是亞蒂先提起的，後來我們感情變好，於是邀請他們加入騎士團。形式上是亞蒂直屬的第四巨人中隊。」

「你滿臉笑容地說什麼不得了的事情啊？」

「光是跟巨人混熟就已經很厲害了，沒想到還讓他們加入騎士團……」

也許是心理作用吧。總覺得古拉林德的眼球水晶裡帶著幾分無奈，至於它肩上的海薇則抱頭苦嘆。

「騎士團長（我）都承認了，所以是正式的任命哦。」

「問題不在那裡！」

在向本國國王知會一聲以前，巨人就被編入騎士團——這到底該怎麼處理？兩人愈想愈頭痛，乾脆放棄思考。

海薇又嘆了一口氣，決定輕輕帶過，然後轉頭看看四周。巨人軍隊的行進伴隨隆隆地鳴聲，而他們正處於這浩大陣容的正中央。想想還真是非常奇妙的狀態。

「幸好來到這個森林的是艾爾涅斯帝。」

「什麼意思?」

卡薩薩奇的骷髏臉看似疑惑地偏向一邊。見狀,她忍不住輕笑出聲。

「意思是除了你以外,不可能有人和巨人的關係這麼好啦!」

「說得對。不管怎樣!就算是巨人族,既然你們加入銀鳳騎士團,就讓我徹底操練一番吧。」

「這樣啊,那下次要做什麼來玩?」

迪特里希馬上擺出學長的架子,可是一聽到拿布好像很高興地回答,便抬頭看向卡薩薩奇問:

「艾~爾~涅~斯~帝~!他們的認知好像出現很大的偏差喔!!」

「雖說是中隊,但其實也是為了製造卡薩薩奇才請他們入團的。」

「原來是這樣嗎!?結果還不是你自作主張……!」

說穿了,艾爾不管到哪裡都不改他的本色。

在這樣和樂融融的氣氛中,上空的飛空船忽然騷動起來。

◆

「收到偵察機的發光信號！」

哨兵對著傳聲管大聲示警。略為模糊的呼叫聲一響起，艦橋立刻被緊張的情緒包圍。他們在等待報告的後續內容時，傳來了更詳細的消息。

「內容是……我們……發現敵人！地上、有大群……巨人!!」

「經肉眼確認！在前方！」

在飛空船前方，有一支聲勢浩大、幾乎要填滿地面的龐大軍勢。和諸氏族聯軍不同的是，眼前所見的族徽旗幟都是同樣色彩，代表他們全都屬於同一個氏族。

「原來如此。那就是巨人族的最大氏族……盧貝氏族啊。從這個方向過來的，不會有其他人了吧？」

老大撫著下巴確認道，掌舵的巴特森則是點頭回應。

「好，快聯絡少年！要開打啦！」

這個消息迅速傳到地上。

「看來時機已到。」

「艾爾涅斯帝說得沒錯，對方確實早就向這邊進軍了。」

「可是好像沒看到蟲型魔獸？」

從船那邊只有收到發現巨人的消息，似乎還沒看到汙穢之獸的身影。

「沒有汙穢之獸……小王(奧伯朗)遵守了他的諾言嗎？這麼一來，我們得考慮一下該怎麼行動。」

卡薩薩奇轉過頭，看向巨人少年和少女。

「你們也聽見了。小魔導師、拿布，到勇者身邊去。」

「好！來的只有盧貝氏族對吧？這次一定要展開正確的問答！」

兩人跟卡薩薩奇一起朝勇者所在的地方走去。凱爾勒斯氏族的三眼位勇者一看見他們興奮的樣子，很快便察覺他們所為何來。

「發現盧貝氏族了嗎？」

勇者的嘴邊現出微笑，企盼已久的時刻終於到來。他要算清楚滅族的那筆帳，向百眼問明是非。他馬上抓起武器，一副恨不得現在就衝過去一決勝負的模樣。

「那好！現在正是與諸氏族一同挑起問答之時!!」

「問答要開始了。我們走！」

拿布也拿起了魔導兵裝。由於經過無數次的反覆練習，把手部分甚至稍微有點磨損，能夠從中感受到他對這場問答的執念。

「請冷靜一點。在問答開始前，還有件事情需要解決。」

艾爾這麼安撫，小魔導師也點頭附和：

「老師說得對。如果盧貝氏族在這裡，那汙穢之獸在哪？天上也還沒看見牠們的蹤影。」

「我們的偵察機也沒有發現。不是被巧妙地藏起來了，就是小鬼族的努力有了成果。」

勇者低笑出聲說：

「無論如何，既然汙穢之獸不在此，吾等巨人族這回將提起正確的問答。這也表示百眼希望在這裡做出了結!!」

卡薩薩奇和小魔導師彼此對看了一眼。要讓正處於狂怒狀態的勇者聽進他們說的話似乎相當困難，而諸氏族全體也是如此。

「……小鬼族的勇者。」

勇者全身蓄勢待發，目光緊盯著坐在卡薩薩奇裡的艾爾。三隻眼睛帶著激昂高漲的熱情，如實反映出他迫不及待要出動的心情。艾爾輕輕發出嘆息。

「……我知道。這是巨人族的問答。我們會在空中監視，從後面跟著部隊。」

巨人族是希望用巨人族的方式做出了斷。艾爾自己也無意讓幾乎是被牽扯進來的銀鳳騎士團成為攻擊目標。

這個消息很快就在諸氏族之間傳開，並激起他們高漲的鬥志。

卡薩薩奇同時開始移動，它接過海薇，提升開放型源素浮揚器的動力朝上空飛去，回到出雲號。

船艙裡早已充滿戰爭準備開打的嘈雜聲。穿上幻晶甲冑的鍛造師們在其間匆忙奔走，正在進行飛翔騎士的最後檢查。

「那麼，第三中隊會在飛翔騎士上待機。」

「拜託妳了。請和第二中隊聯絡，跟著古拉林德在地上散開。雖然我們的任務是協助巨人族，但多少也得有些表現。」

和海薇分開的艾爾走到艦橋上。指令已經透過發光信號傳出，從窗戶可以看見第二中隊的船開始移動。

「喂，少年，只有第二中隊出動嗎？」

「應該足夠稍微活躍一番了吧。但是，我們應該警戒的是其他地方。」

聽到這話，艦橋上的某人站出來說：

「請等一下，埃切貝里亞大人。汙穢之獸不在這裡是由於小王陛下的努力。為什麼還需要多餘的防備？」

那是小鬼族的騎士，札卡萊亞。他是唯一以客人身分登上船艦，並且肩負為此地居民表達意見的立場，在這趟旅程中，他也不時使用蟲和小王互相聯繫。對於汙穢之獸沒有現身的狀況，他似乎懷著某種確信。

艾爾點了點頭，但也露出委婉的笑容否決札卡萊亞的意見。

「現狀的確和小王承諾的一樣……但不能保證可以持續到最後一刻。我們只是預先做好防備。」

札卡萊亞張口欲言，卻又很快放棄了。如果是艾爾個人的考量，或許還有轉圜的餘地，可是目前採取的行動是銀鳳騎士團全體的共識，他也無從插手。見札卡萊亞退讓，艾爾接著繼續指揮。

「偵察機密切傳回狀況報告。騎操士請做好隨時出擊的準備。」

以出雲為中心的飛空船隊，來到諸氏族聯軍上方靠後的位置。飛翔騎士不斷在周圍警戒盤旋，同時掌握整體的戰況。

諸氏族懷著戰爭即將開打的緊張和興奮情緒繼續前進，不久便到達森林的某個開口處。那是一片四處散落岩石、經過開拓的平原地帶，此地被稱為『鐸克特里納・席巴』。

森林中開闊的場所不多。何況是適合諸氏族聯軍這種規模的軍隊移動的戰場，選擇自然更受限制。

「果然在等著吾等啊。」

諸氏族聯軍走向前。森林對岸染上一片不屬於樹木的顏色。那是諸氏族唯一沒有使用的顏色——紅色。

穿戴紅色是盧貝氏族的證明。儘管他們只有一個氏族，規模卻足以和諸氏族聯軍匹敵，這正是最大氏族的證明。

經過相互確認後，雙方停下腳步。兩軍隔著荒地相互對峙。場面陷入短暫的寂靜。

◆

問答的起始相當平穩。諸氏族聯軍和盧貝氏族雙方都沒有引發無謂的爭吵，只是互相瞪視。這時，兩軍中各有幾個巨人走向前。他們肩負使者的任務，身上經過裝飾的穿著在巨人中顯得特別講究。他們一直走到克特里納・席巴的中央區域附近，然後彼此對立。

「吾等為諸氏族聯軍！盧貝氏族，汝輩在真眼之亂中的所作所為不可饒恕！此次應舉行正確的百眼問答!!」

「無論問多少次，答案都一樣。汝輩之眼瞳看不見真實!!」

「驅使汙穢之獸，簡直蠢得無可救藥！想必百眼也不忍卒睹！那般行徑不代表汝輩得到了答案!!」

「吾等盧貝氏族有王！百眼必定會看顧吾等！汝輩對於這樣的真實視而不見，多說無益!!」

這番聲明是開打前的固定流程，可說是他們的宣戰布告。過去從來沒有在決定舉行問答的階段，經由口頭協商弭平事端的前例。

使者們回到彼此的陣營後，氣氛為之一變。彷彿連在風中搖曳的樹葉窸窣聲都消失了，所有雜音漸漸平息，取而代之，緊繃的情緒蔓延。兩軍都為了即將開始的戰鬥蓄勢待發。

「提問吧，提問吧。此為賢人問答！」

兩方陣營都發出了強烈的吼聲。眾多巨人的吶喊彷彿撼動了整個世界。自此時此刻起，這裡變成受到百眼加護的異界。巨人們將豁出性命，追求名為勝利的答案。

「舉槍！預備！」

巨人們將搬運到此地的長槍插進地面。與幻晶騎士比肩的決鬥級規模身軀，再加上能夠靈活操作物品的雙手，必然會發展出投擲這項攻擊手段。

巨人們一拿起並列插在地上的投槍，同時彎曲身體，似乎能聽見繃緊的肌肉發出咯吱咯吱聲響，使整副軀體成為一個武器。

「藉這一投尋求真實！請百眼明鑑!!」

投槍挾帶破空的嗡嗡聲，劃出一道道美麗且筆直的弧線，放出恐怖威力的長槍朝敵方飛去。

巨人們的裝備中沒有盾牌，肉體和鎧甲就是保護身體的全部手段。投槍襲向最前線的巨人們。有人當場被貫穿，有人則是幸運地只被擦過鎧甲。噴湧而出的巨人之血逐漸染紅大地。不厭其煩地覆蓋過一遍又一遍重複的戰爭痕跡。

「還未到返還眼瞳的時候！第二投預備!!」

「休想得逞，魔導師！」

諸氏族聯軍準備擲出第二波投槍，從周圍拔起槍。幾乎與此同時，盧貝氏族出現了新的動向。四眼位魔導師們陸續來到前線。

「火焰，打擊敵人！」

魔導師舉起的手中產生耀眼的火焰球。那是被稱為『魔法(magia)』、巨人們的魔法現象。蘊含威力超越戰術級魔法的一擊，甚至能夠打倒穿戴鎧甲的巨人。

「好快。吾等也派出魔導師！」

「不好，來不及了……！」

若只論數量，諸氏族聯軍的規模還稍微超過盧貝氏族，但就是因為集結了許多不同的氏族，指揮系統也因此出了問題。魔導師在氏族中是很稀少的存在，能大膽安排他們來到前線，可說是單一氏族的優點。

翻騰的火焰逼近落後一步的諸氏族聯軍。巨人們在瞬間產生遲疑，不知該投槍還是保護自己。這在戰鬥中是足以致命的破綻。

從側面飛來的火焰彈，拯救了無從抵抗火焰攻擊的聯軍。那些火焰彈比魔導師發射的威力弱，卻勝在數量。火焰彈撞上盧貝氏族發射的火球後，在虛空中四處散落火花。

「……什麼人！居然擋下了吾等的魔法!?」

盧貝氏族的魔導師們目光迅速地掠過四周尋找原因。一個年紀尚輕的巨人少年跑到他們眼前。

「嘿嘿，我們的魔導兵裝威力怎麼樣啊！」

「年幼的眼瞳!?別被騙了！那種程度不可能抵擋得住！」

盧貝氏族的魔導師們再度開始架構魔法。

上前迎擊的是一群沒有持槍、也不是魔導師的巨人。他們全都穿戴著藍色裝束，手上還拿著古怪的武器。

「藍色……!?『餘孽（凱爾勒斯）』竟然出現在此！就用吾等的火焰送汝輩前往百眼尊前!!」

「別小看人……會用魔法的可不只汝輩！睜大眼看仔細了！」

站在凱爾勒斯氏族巨人們最前列的三眼位勇者吼道。巨人們響應號令，發動手上的魔導兵裝。那些倉促趕工而成的製品，在巨人的戰爭中散發出異樣光輝。

法擊拖曳著淡淡的光芒接二連三地發射出去。類似『火焰騎槍』的爆炎術式排除了盧貝氏族的魔法。

「凱爾勒斯氏族，讚美汝等之偉大力量！現在正是張眼舉槍之時！」

挺過魔導師攻擊的諸氏族聯軍捲土重來，再次拔起投槍，連續不斷地投擲出去。法擊和投槍在空中交錯飛越，兩軍中都各有好幾個巨人倒下。

「該死……魔導師退下！這樣下去會被槍擊中！」

面對漸漸掌握局勢的諸氏族聯軍，盧貝氏族開始動搖。魔導兵裝這項新武器的出現，對他們的固定戰法產生影響。

「……連沒死成的餘孽也跑出來，著實令人不快。」

一個巨人站在陣勢後方觀望戰局推移，口中喃喃自語，其名為『五眼位的偽王』——是統治盧貝氏族的五眼位之王。

「那好。不必再同彼輩胡鬧。要確實摧毀……戰士們！前進！」

盧貝氏族發出高聲吶喊，一個接一個拔起武器向前奔跑。投槍和魔法都不是巨人擅長的主流戰鬥方式，近距離衝突作戰才能發揮最大的力量。

「戰士們迎戰！在百眼尊前盡情發揮力量！」

諸氏族聯軍也拿起武器，或是直接舉起投槍向前衝鋒。戰局一口氣陷入混亂。凱爾勒斯氏族也換掉手上的武器，轉而近身搏鬥。他們操作魔導兵裝的手法還沒有熟練到能夠在亂戰中運用自如。

伴隨著沒有意義的吶喊，巨人們的武器短兵相接。由巨木與石材製作而成的原始武器被激烈地揮舞，有好幾名巨人應聲倒下。

「……這樣不太妙啊。」

退後一步觀望局勢的迪特里希皺眉低語。他眼中所見的戰場上，聯軍漸趨下風，理由顯而易見。

「紅色那邊……盧貝氏族的裝備比較好。」

聯軍使用的武器防具是加工魔獸材料而成，且由來已久。相對的，可以看出盧貝氏族的裝備加入了『金屬零件』。其製作者不必猜，自然是小鬼族所繼承、源自幻晶騎士技術的成品。裝備的差距看似微小，可一旦擴展到氏族軍全體，其效果就不能無視了。實際上，軍備在單純的互毆中也發揮了絕對的效果。諸氏族方的人一個接一個倒地斃命，被迫往後撤退。

接著，終於有一個氏族被突破了，盧貝氏族的巨人從缺口一擁而上。

「再這樣下去，諸氏族聯軍會被各個擊破。不妙……這表示現在該輪到我們出場了。」

在動搖不安的諸氏族聯軍中，唯有一人——緋紅騎士獨自輕笑。

打垮諸氏族聯軍前線的盧貝氏族巨人們發出吶喊。意圖直接攻向內部，深入敵方陣地並進行分割。當他們氣勢昂揚地欲踏向前時，眼前冷不防闖進一股緋紅色勁風。

「唔!?除吾等以外，竟然有人膽敢使用紅色……!?」

還來不及將疑問說完，一道射出的真空刀刃便痛擊巨人，逼得他失去平衡。緊接而來的白刃閃光打落他手中的武器，剩下的一閃則俐落地奪走他的性命。

「什麼人……！真是怪異。那真的是巨人嗎!?」

緋紅騎士散發著以巨人而言堪稱奇妙的氣息，揮劍甩掉血水後回答：

「吾正是銀鳳騎士團第二中隊長，迪特里希•庫尼茲是也……差不多是這樣吧？」

雖然被他莫名其妙的回答惹得惱火，盧貝氏族的巨人們仍不得不提高警戒。因為這個全身包覆鋼鐵鎧甲的巨人，才剛以怒濤之勢砍殺了己方夥伴。

「我只是來作客的啦。你應該不介意吧？巨人。」

「那種說話方式，難道是小鬼族……!?」

話還沒說完，緋紅騎士便高舉起劍指向天空。眾人眼前赫然出現一個在空中飛翔的巨大存在。伴隨船帆的拍打聲，一艘飛在最前頭的飛空船正巧越過他們頭頂。

「那是、什麼東西……!!」

盧貝氏族即使動搖也為時已晚。一架又一架幻晶騎士從飛空船中躍出，展開空降用追加裝甲，機身上描繪著緋紅十字的騎士們陸續降落至地面。

「迪隊長，這裡不是正中央嗎？你不能只想一個人搶鋒頭啊!!」

「哦～!?一大堆巨人！敵人是哪個！」

中隊員的卡迪托雷在空降時發射魔導兵裝，於地上炸開了爆炎，迫使盧貝氏族的巨人們連忙向後退開。排除著陸地點上的敵人後，他們這才悠然降落地面。

第二中隊機以古拉林德為中心排成一排，和盧貝氏族巨人——緋紅色和紅色互相對峙。

「好耶。迪隊長！從哪個開始打趴!?」

「是那些用紅色的巨人啊。還真可惜，既然都是用紅色，我們搞不好還能交個朋友。想不到會站在敵對方。」

迪特里希看著映在幻象投影機上的盧貝氏族，愉快地吹了聲口哨。

「咦——隊長，一樣的只有顏色吧。」

「只是暫時用也就算了，至少圖案也得講究一點啊！」

即使嘴上你來我往地調侃，第二中隊的攻勢依然迅疾猛烈。他們各自啟動背面武裝，朝正面的敵方巨人發射法擊。再趁他們退縮避開爆炎的空檔，躍入敵陣之中。

面對這群陌生的擬態巨人，盧貝氏族表現出一瞬間的困惑，但還是怒吼著衝上前——然後一一被打垮。

猛烈的法擊可以輕易打倒巨人，刀槍則能夠輕易刺穿巨人的鎧甲。騎士們的戰鬥能力明顯比諸氏族聯軍的巨人們高出一截。

不僅歷經長時間的操作演練，而且是艾爾精心培養的銀鳳騎士團的幻晶騎士，以他們決鬥級規模的身形而言，可說是強大得非比尋常。對於只是用了稍微好一點的武器防具的巨人來說，這樣的對手絕非他們所能應付。

由於第二中隊一口氣發動反撲，盧貝氏族的活動出現了停滯。他們原本就是憑著一股勢頭猛衝，如今變得進退兩難，巨人們再度遭受到第二中隊的強勢攻擊。

「噢，可別離同伴們太遠！做得太過頭也不行。」

「欸～再把氣氛炒熱一點吧！我的劍飢渴難耐了啊！」

「真沒意思～這些傢伙都沒有劍，只拿著棍棒。他們沒有互毆以外的文化嗎？」

看到騎士們在戰場上如入無人之境的活躍表現，感到震撼的不只盧貝氏族，還有諸氏族聯軍的巨人們。

「小鬼族，多麼勇猛的戰鬥！」

「可不能讓百眼看到吾等落後於人！各氏族們，展現吾等之奮勇!!」

見狀，聯軍反倒更加振奮。（他們所認為的）小鬼族的幻獸都展現出那般威猛的力量了，只是旁觀簡直有辱巨人之名。他們紛紛提高了鬥志，猛烈頑強地迎戰各自的敵人。

戰況異常混亂。盧貝氏族的優勢並沒有徹底瓦解，但氣勢上卻是諸氏族與第二中隊更為旺盛。

「再稍微搗亂一下吧。等周圍的壓力減輕以後，就讓機體暫時休息……」

向中隊下達指示的同時，古拉林德忽然飛速向後退開。前一秒它所站的地方飛來一發巨大火焰團塊，鑿開了地面，激起猛烈的火焰。

「法擊……不對，是巨人的魔法。因為我們鬧得太過火，才急忙瞄準的吧。」

古拉林德和第二中隊加強了防備。此時，應戰的盧貝氏族巨人開始後退，在戰場上形成一個空間。從道路正中央走出一個身材格外魁梧的巨人。

他轉動五隻眼瞳，睥睨著第二中隊的幻晶騎士。

「看汝輩的模樣，難道是小鬼族的冒牌貨？不僅汙穢之獸沒有出現，竟然還反抗吾等之眼。妄圖迷惑百眼之眼，簡直不知天高地厚！」

「……哎，我看也沒必要糾正了。」

盧貝氏族的五眼位偽王恨恨地扭曲有五隻眼瞳的臉。跟在他身後的四眼位魔導師擺出了陣勢。

「此次問答結束後，吾會將汝輩一隻不剩地全踏成泥。沒死成的餘孽，老實認罪受死吧！」

偽王的雙手捲起巨大火焰。五眼位所操作的魔法在巨人族當中算數一數二地強大。只論威力，甚至超越伊迦爾卡的銃裝劍。繼偽王之後，四眼位魔導師們也一齊構築出魔法。使得戰場一隅被火光映照出一片鮮紅。

「第二中隊，對法擊戰預備……」

一波從側面飛來的法彈搶先了準備迎擊的迪特里希一步。兩者之間碰撞出猛烈的火焰。被烈火打消了興致的偽王等人滿臉厭惡地中斷魔法，轉過頭看去。

「是什麼人礙事！」

在回答他的問題之前，一群背負著藍色族徽印記的巨人，出現在盧貝氏族與第二中隊間。站在最前面的三眼巨人眼中燃著復仇之火，狠狠瞪著偽王。

「吾名為……凱爾勒斯氏族的三眼位勇者（威魯托斯·勇者·三眼·凱爾勒斯）！」

「沒死成的餘孽，就那麼急著想去百眼尊前嗎？」

偽王仗著壓倒性的身軀和凌厲目光瞪著勇者。勇者毫不退縮，僅憑三隻眼睛與他對視。

「盧貝氏族之偽王！現在就和汝一併算清奪走吾等氏族眼瞳之血債!!」

「下眼位……!!區區三眼位竟敢忤逆吾。如此愚蠢。魔導師，給吾把這些傢伙滅……」
當偽王正欲下令時——
「哦，巨人族不是一向驍勇善戰嗎？竟然拒絕了正面發起的挑戰，真是笑死人。」
偽王維持著舉起手的姿勢停止動作。他轉動眼睛，目光鎖定了緋紅騎士。
「小鬼族，看來汝輩想先毀滅是吧。」
「很可惜，我們不行。換我們上場就會不小心打敗你，他應該不會同意。」
偽王臉上充滿顯而易見的憤怒之色。身邊的魔導師們試著安撫他，卻被他甩開了。
「一個個都這麼礙眼！汝輩為什麼不懂？征服了汙穢之獸的最大氏族，只有吾才能為巨人族帶來光輝與繁榮！汝輩等無用之人只需服從吾就行了!!」
「巨人族的繁榮不是汝能決定的！吾等會自己找尋出答案!!」
三眼位的勇者獨自站了出來。在戰場的中心和偽王正面相對。
古拉林德輕輕搖動手中的劍，第二中隊隨即迅速變換位置，將這個地方從周圍的戰鬥中分離出來。這樣就準備好一對一的舞台了。
「多說無益。汝連返還眼瞳的機會都不會有。」
「那是吾要說的話！來吧!!」
緊接著，三眼位勇者和五眼位偽王同時開始行動。

◆

五眼位偽王搶先衝向前的三眼位勇者一步，伸出掌心對準了他。

「凱爾勒斯的勇者啊。即使氏族閉上了眼睛也要挑起問答，汝之勇敢值得稱讚。不過……!!」

火焰像是順著手的動作一般叢生，火勢愈發高漲，從偽王的掌心滿溢而出。

「終究是下眼位。惦惦自己的斤兩吧！」

偽王手臂一揮，溢出的火焰突然產生了方向性。魔法術式構築而成的理論體現於這個世界上。技巧純熟得有如魔導師。五眼位的巨人不只擁有肉體上的優勢，還能運用強力的魔法。

「吾的確是三眼位。難以達到五眼位的程度……但是！真實要以自己的眼瞳確認!!」

勇者舉起魔導兵裝指向襲來的火焰濁流。發射的法彈拖曳著朦朧的光劃過空中。雖然威力不及偽王的魔法，卻能夠接連不斷地發射。火焰在兩個巨人之間碰撞，引發熊熊火舌翻騰。

「區區三眼位竟然抵銷了吾的魔法？」

趁偽王震驚地扭曲著臉的破綻，勇者急衝向前，忍耐著充滿熱氣的空間，跨越火焰朝偽王逼近，乘著前進的氣勢拔出了背上的武器。

那是一把在陽光下閃耀的劍。在巨人文化中不被使用的騎士武器，是向銀鳳騎士團借來的東西。

即使用不順手，勇者的一擊仍瞄準了偽王的咽喉。透過與艾爾涅斯帝的決鬥，他也隱約掌握了劍刃的使用方法。

下一剎那，他的劍被彈開，留下一道尖銳的噪音和火花。一根散發黯淡光澤的金屬棍擋下了巨人族不習慣的攻擊。

「出其不意，但也就這種程度。」

棍棒呼嘯著當頭揮下，這刨挖地面的一擊揚起了塵土，迫使勇者飛快向後退開。

「果然不簡單。不愧是五眼位。」

——五眼位。他們有如魔導師般操縱魔法，又如同勇者般強悍。由於巨人族中被奉為至高無上的六眼位極端稀少，所以五眼位實際上可說是最高的眼位。

與之對決的勇者是三眼位。不但身材比對方小一號，也欠缺魔法的素質，戰鬥能力自然產生很大的差距。

「那魔法、武器，皆為吾所不識，為巨人族所不識……那是小鬼族的東西？彼輩竟有那麼大的威勢嗎！」

偽王的視線從勇者那裡移開，轉而仰望天空。飄浮在諸氏族聯軍上方的巨大船隻——飛空船。他憎惡地瞪視那個存在，臉色垮了下來。

「何其愚蠢。屈從於彼輩那樣渺小卑微的東西……汝將巨人族的驕傲置於何處！」

「小鬼族確實渺小，吾亦曾經這麼認為。然而，彼輩之力量真實不假，輕侮勇者的行為有失禮數!!」

勇者挺身直立地吼道。聞言，偽王心中頓時升起熊熊怒火。

「凱爾勒斯。那般頑強地撐著打開眼睛，結果只有那種程度！無聊。果然吾才是百眼應看中之人。不需要汝輩之眼瞳！」

說著，偽王一鼓作氣衝了過來，在踏入攻擊範圍的瞬間猛力揮下棍棒。棍棒堅硬且沉重，加上其挾帶的威力，實在難以用劍抵擋。

勇者勉強躲開這有如狂風的攻擊。由於臂力有段差距，要盡可能避免扭打在一起，唯一能依賴的只有速度。偽王接連不斷對專注於回避的勇者展開攻擊，試圖用蠻力擊潰他。果然很有巨人族的作風，崇尚力量才是他們的做法。

乍看之下，勇者正陷入困境，不過其實他一直伺機等待反擊的機會。

「吾乃三眼位。身材較為矮小，力量較為弱小。即便如此，還是有勝算。沒錯，因為那個人即使矮小，依然戰勝了吾。」

他一味躲避著足以一擊打垮任何巨人的攻擊風暴。此時心裡所想的，是高度還不到自己的膝蓋、卻擊敗了自己的人物。那次決鬥教會他很多事情。

「只會東躲西逃。這樣也算擁有勇者稱號之人嗎！」

偽王沒料到勇者如此頑強，臉上顯露焦急的神色。自己這個五眼位擁有壓倒性的力量，以及小鬼族獻上的鋼鐵棍棒，應該能輕而易舉打敗這種程度的對手才對。

「偽王豈能理解！」

激動的情緒使偽王的動作中產生破綻。眼見攻擊模式變得單調，勇者立刻轉守為攻，在極近距離內發射法擊。魔導兵裝發揮空隙很小的優點，法彈命中偽王的腹部，引發火焰爆炸。

「唔咕！」

偽王瞬間失去平衡。這可是千載難逢的機會，勇者即刻補上追擊。在致命的攻擊距離內刺出一劍，帶著凌厲凶狠氣勢使出的攻擊，卻被插入的棍棒所阻擋。

「……剛才那一招還不錯，但也只能如此。」

偽王扭曲著臉，擋下了這一劍。法彈的確給了他沉重的打擊，可是五眼位的肉體足夠強韌。他完全憑藉自身的頑強挺過了衝擊。

攻守在轉眼間調換。偽王竭力壓下棍棒，將勇者整個人打飛出去。劍發出噹的一聲向空中飛去。勇者藉由放開手中的武器轉移力道，即使失去了劍，他手中依然留著魔導兵裝。他毫不猶豫地朝偽王發動連續射擊，不惜將自身殘留的魔力消耗殆盡。

火焰彈接二連三爆炸，讓偽王被火焰包圍。就算是五眼位，受到這般凶猛的攻勢也不可能全身而退。然而，這份期待很快就落空了。

「吾說過，汝很礙眼!!」

偽王運氣使勁咆哮，同時構築起魔法。產生的熊熊烈火吞沒微小的法彈，轉眼便打散了勇者的攻擊。他接著伸出拳頭。

「雷電擊毀！」

勇者當下拉開距離的判斷力值得稱讚，可惜偽王的魔法仍以雷電劈落的速度劃過空中，狠狠打中勇者。任何人都不可能逃離這個魔法的追殺。

「嗚咕喔喔喔！嘎!?」

魔導兵裝受到衝擊而彈飛。銳不可擋的雷擊直接貫穿了勇者的身體，使他一瞬間失去意識，四肢擺出宛如跳舞的古怪動作，最後就像斷了線一樣癱倒在大地上。

麻痺的身體無法馬上行動，勇者已遍體鱗傷。相對的，偽王則是游刃有餘地慢慢走了過來。

「憑汝的三眼算是打得很賣力了。不愧是擁有勇者稱號之人。到百眼尊前好好誇示勞煩吾親自出手的戰果吧。」

偽王邊走邊掄起棍棒。勇者張口發出低不成聲的呻吟，艱難地舉起手臂，他還沒有恢復到能動的程度。正當棍棒朝他當頭揮下的瞬間——

「那、那是……!!竟然!!」

附近的巨人驚聲高呼，周圍一下填滿了嘈雜的聲音。巨人們不約而同注視的前方，不是偽王與勇者的戰鬥，所有人都指著天空的另一端。

對周圍的態度感到疑惑的偽王也很快察覺到情況有異。

他甚至忘了給予勇者致命一擊，連忙轉過頭，接著撇下嘴角，憎恨的言詞從口中逸出：

「難不成……如今才趕來？可恨的小王(奧伯朗)！到底在打什麼鬼主意!!」

朦朧的巨大影子出現在天邊。而且數量愈來愈多。其真面目正是汙穢之獸，是供盧貝氏族差遣的力量之一，也是巨人族的大敵。

可是，現在的汙穢之獸行動已經不受他們控制。偽王對其投以充滿敵意的目光，然後才發現在天上的不只有汙穢之獸。獸群後方還跟著一個極為巨大的存在。偽王不禁瞪大了眼睛高喊：

「難道……彼動用了『那個』!?魔導師，汝等做了什麼!?不，不對……這樣啊，小王。汝的目的是!!」

偽王的話被空行魔獸的振翅聲掩蓋。

早在巨人們有所覺察之前，銀鳳騎士團飛空船隊便收到了來自飛翔騎士的警報。

「看見發光信號！我們、發現魔獸，而且那是……汙穢之獸!!」

「來了嗎？」

在艦橋上的艾爾涅斯帝聽到報告後沉思了一下。汙穢之獸出現了，這表示小鬼族的活動失敗，或者——

「如果這都在他的預料之中……？」

艾爾的腦海裡浮現小王（奧伯朗）的笑容，他顯然有什麼企圖，很難想像這只是行動失敗的結果。在這個局面下派出汙穢之獸，對方一定有某種目的。

「還不只汙穢之獸，那個巨大的東西……」

如果將汙穢之獸視為決鬥級魔獸的等級，那麼那個逼近汙穢之獸群背後的巨大物體究竟該怎麼分類呢？光是大小就超越那個陸皇龜（貝西摩）了。無論是艾爾，或者是弗雷梅維拉王國的任何一個人，都不曾見過那麼巨大的飛行物體。

「你知道那是什麼嗎？」

艾爾回頭看向佇立於艦橋一端的人。被問到的札卡萊亞臉上露出微笑回答：

「啊……這個時刻總算到來了。請放心，埃切貝里亞大人。那是我們王帶來的，應該說是王牌吧。它將徹底消滅巨人族，為小鬼族（我們）帶來美好的未來。」

聽到他自信滿滿的說詞，艾爾想了一會兒。

「這樣啊。那……」

然後對銀鳳騎士團下達了命令。

◆

發現了汙穢之獸而有所行動的不只是天上的眾人，在地面上展開的第二中隊也一樣。

「晚了點，不過還是大駕光臨了啊。」

「出雲呢？」

「好像已經注意到了。正在行動。」

眾人的視線從仰望天空轉向地面，然後集中到迪特里希身上。現在的指揮官是他。

「船那邊有騎士團長帶領，總會有辦法吧。我們這邊還得努力扭轉劣勢。」

「要怎麼做？」

「穩定我方的諸氏族聯軍。這也是我們的任務。」

四周都是動搖不安的巨人們。第二中隊的成員忍不住發出嘆息。

「這樣算不算抽到下下籤啊？」

「別抱怨了。這在前線是常有的事。」

嘆氣也沒用。一旦決定了方針，他們便迅速展開行動。

「汙穢之獸正在接近！巨人們，趕快退後！」

「但是問答正在進行。汙穢之獸出現……要是在此時撤退，不就又一次失去了得到答案的機會!!」

悲痛的回應此起彼落。假如汙穢之獸參戰，諸氏族聯軍就不會有勝算。這個事實他們在真眼之亂中已有過切身體會。

「你以為我們為什麼在這裡？騎士團長一定會處理好。反正現在地上很危險!!」

「唔……」

巨人們懊悔地面面相覷，而後才心不甘情不願地聽從第二中隊的指示。天上發生的事情只能交給天上的人解決。戰鬥的熱度漸趨平息，隨風流逝而去。

聯軍在撤退的同時，也警惕著盧貝氏族發起追擊。奇怪的是，對方似乎也一頭霧水。汙穢之獸延遲出現的事，大概同樣不在他們的預料之中。迪特里希的目光掠過天空、地面以及戰場後，臉色變得凝重起來。

「那現在該怎麼做？騎士團長。就算我們不會輕易輸給汙穢之獸，但是那數量未免太多了……」

如果是之前碰到的那種幾隻左右的集團，銀鳳騎士團不可能打輸。然而，現在正往這邊前進的汙穢之獸，規模遠不只數十隻。他觀望飛空船隊的動向，發現出雲正好開始移動了。飛空船排出陣勢，派出一架又一架飛翔騎士出擊。

在出雲的艦橋上，艾爾向四周宣告：

「以飛空船隊迎擊。不能讓汙穢之獸的攻擊到達地面上。」

老大只是點了點頭，船員們便馬上開始行動。艾爾無視滿臉驚訝的札卡萊亞，繼續下達指示：

「以出雲為中心，組成防禦陣形。後續的動作十分重要，請注意保持不妨礙彼此的距離。法擊戰特化型機各就各位。最優先戰術就是不要讓牠們靠近。」

「收到！」

出雲捲起強勁的風前進。飛空船在其周圍環繞，飛翔騎士構築了前線。

「埃切貝里亞大人！派出汙穢之獸是陛下的意思，是我方的同伴。請避免表現出敵對的態度！」

札卡萊亞不由得猛然逼近艾爾，深怕眼前這個矮小的騎士團長會毀了他們的努力。面對驚慌的小鬼族騎士，艾爾平靜地回答：

「我看到的只有魔獸。就算你的話都正確，我們也不能毫無防備地接受。」

札卡萊亞試著進一步反駁的時候，有一部分汙穢之獸做出了意外的行動。

幾隻暗紅色甲殼的汙穢之獸從集團中飛了出去。各自帶領汙穢之獸的紅色魔獸一發出尖銳的叫聲，收到指示的汙穢之獸隨即向前飛去。帶著振翅聲飛翔的魔獸們逼近了盧貝氏族的陣地——

直接向地面發射出體液彈。

慘叫聲此起彼落，腐蝕金屬、毒害生命的酸雲蔓延。那裡不是諸氏族聯軍的陣地——而是盧貝氏族。

「怎麼……回事!?」

白色的死亡遍地爬行，一一吞噬巨人們。盧貝氏族太疏忽大意了，畢竟汙穢之獸一直表現出屈從的態度，就真以為牠們絕不可能反抗。結果牠們不但無視了命令，竟然還用死亡的白霧反咬一口。

五眼位的偽王齜牙咧嘴地發出了咆哮：

「該死的小王（奧伯朗），汝忘了被飼養的恩情嗎!?卑鄙渺小的東西……!!」

察覺到背後的動靜，偽王轉過頭一看。在五道視線的前方，三眼位的勇者正慢慢地坐起身。儘管麻痺的效果仍未退去，身體還在搖晃，他依然硬擠出笑臉說：

「盧貝氏族，看見真實了嗎……這就是汙穢之獸。與小鬼族怎樣無關。那本來就是巨人族（吾等）之大敵。汝輩所見不過是幻影……」

「住口！沒死成的傢伙。汝該感謝仍保有眼瞳的幸運!!」

已經沒有跟勇者窮攪和的時間了。偽王一轉身，急忙趕往自己的氏族。

被留下的勇者一個踉蹌，屈膝跪了下來。這時，幾個巨人來到他身旁。是古拉林德、小魔導師、拿布還有一眼位的侍從。在諸氏族幾乎完成撤退的過程中，他們前來幫助被留下來的勇者。

「勇者！啊啊，汝的眼瞳仍開著!!」

「嗯，雖然不算毫髮無傷，不過好歹保住了一條命。喂，還能動嗎？要撤退了。還是就這樣幫盧貝氏族送最後一程？」

「沒有義務那麼做……」

「勇者，抓住吾。」

侍從用肩膀撐著勇者站起來。在拿布和小魔導師擔心的注視中，一行人慢慢開始後退。

汙穢之獸在他們身後盤旋環繞，呈現一幕悽慘恐怖的地獄景象。小魔導師在撤退途中，只回頭看了一眼。

「汙穢之獸攻擊盧貝氏族。不對……控制牠們的究竟是什麼人？」

頭頂上那個巨大無比的存在正逐漸覆蓋整片天空。小魔導師可以肯定，有什麼前所未見的異常事態正在發生，她的四隻眼睛不安地游移。

# 第七十話　甦醒的毀滅之力

時間稍微回溯至飛行的災厄撲向巨人們的戰場之前。

盧貝氏族中的一名四眼位魔導師，帶著護衛戰士們在洞窟裡行走。通道寬敞得足夠讓巨人往來通行，裸露的地面未經鋪設。雖說是天然形成的洞穴，卻有幾處不自然的地方。彷彿有什麼巨大的物體鑽過之後留下的痕跡，給人一種奇怪的印象。

魔導師不悅地踏著粗魯的步伐往洞窟深處前進。

不久後，他們來到一個開闊的場所，這裡是幾個洞窟和通道相互連接之處。在這個對巨人來說也相當寬敞的空間裡，有個壯觀的建築物，顯然是人造的物體，而且做工細緻。實在不像是巨人族的體格能進去的地方。使用這裡的應該是小鬼族。

魔導師橫眉豎眼，扯開嗓門對建築物大吼：

「吾乃盧貝氏族四眼位之魔導師！來人!!吾等奉王的命令而來!!」

在空間裡迴盪的聲音變得怪異走調，聽起來有些滑稽，更激發了魔師的焦躁。過了一會兒後，一個小小的人影從建築物裡走出來。

「哎呀，魔導師閣下。恭候多時。」

小鬼族的統治者小王(奧伯朗)恭敬地垂下頭迎接魔導師，得到的是低沉的怒吼。

「汝在做什麼？命令下達後已過了很久!!『詩』早該出動了吧!?」

被四眼巨人狠瞪，理應是感受到生命危險的場面，可是小王臉上沉著鎮定的表情依然不變，似乎毫不關心魔導師的怒氣。

「王正在等候！無需多少時日便能開啟眼瞳了!!渺小卑微的東西就是這麼沒用！汝輩難道忘記了吾等令汝輩苟活至今的恩情嗎!?這些大小和眼瞳不足之人……」

不只魔導師暴跳如雷，護衛的戰士們臉色也沒好看到哪裡去。這時，一個從建築物裡面走出來的人，來到頂著沉重壓力的小王身旁。聽完那個人靠近耳畔所說的內容，他點了點頭。

「……好。讓您久等了，魔導師閣下。儀式結束了，我們將奏響毀滅之詩。」

「總算啊！」

魔導師看起來還是很不高興，但聲音裡卻帶著幾分安心。

不久，空間中響起低沉的聲音。一連串不可思議的音律從建築物內部傳來。聽起來像是一首曲子，但實在稱不上詩歌。

期間，空間發生變化。小王所在的建築物周圍地面劇烈隆起，底下現出蓋子並打開。蟲子從直通地底的洞裡爬了出來。那些是有著深紅色甲殼的巨蟲——汙穢之獸。

這種凶惡的魔獸可說是生活在森林裡所有生物的大敵。然而，牠們卻空虛得讓人感覺不到其有自主意志。其中沒有身為魔獸、身為生命應有的靈魂。只是一個巨大的空殼——

小王揚起手臂，向背後發號施令。接著，小鬼族從建築物裡走了出來。他們一點都不潦倒落魄，是全身穿戴著堅固裝備的貴族——或者該稱之為騎士，屬於統治階級。

當他們走向停駐的紅色魔獸旁邊，至今一直保持沉默的蟲子有了動作。從胸口到腹部裂開一道口子，其中裸露出來的不是生物的內在，而是使用了金屬及各種材料製成的人造結構。擺明了不是自然的生命型態。

騎士們分別進入紅色魔獸打開的肚子。裡面有人的座位，還有供駕駛控制的操縱桿和踏板，就像幻晶騎士的駕駛座。紅色魔獸吞入騎士後闔上腹部，然後移動了起來。

——既是魔獸，也不是魔獸。結合了最凶惡魔獸和人類智慧的異形覺醒了。小王（奧伯朗）的嘴角抽動扭曲，然後如此宣告：

「……好了，覺醒吧。真正的幻獸『幻繰獸騎』！唱出終結的詩篇吧!!」

透過與人的配合，蘊藏著明確意志的紅色野獸發出了鳴叫聲。

◆

載著人與人的意志，紅色魔獸高聲鳴叫。聲音在空間中迴盪、被吸入地面，地面則回應似地傳出震動。

輕微有如搔抓般的震動轉眼間增強規模。覆蓋在洞窟地面各處的蓋子打開了。某些東西從洞口一齊爬出來。

是汙穢之獸。無數魔獸接連不斷從敞開的洞口冒出，甲殼互相摩擦的聲音充滿了整個空間。

正當洞窟內幾乎要被魔獸填滿的時候，幻繰獸騎展開翅膀起飛了。鳴叫聲的高低產生變化，演奏出獨特的音調。幻繰獸騎飛向延伸到外頭的洞口，後面的汙穢之獸也陸續跟上。牠們徹底受到幻繰獸騎的控制。

盧貝氏族的巨人們因魔獸蠢動的聲響而皺起眉，在汙穢之獸悉數離開後才鬆了一口氣。

「哼，總算出發了。真是浪費時間。王還在等候，吾等也要盡速趕往王的身旁。小王，切記讓『獸王』沉睡……」

他們目送著起飛離去的汙穢之獸，突然感到不太對勁。

詩篇的音律仍在持續。

從建築物裡流瀉而出的聲音，在汙穢之獸飛走後不但沒有停止，反而放大了音量，強烈撼動了整個空間，變成壓力襲向魔導師。他感受到一陣劇烈的頭痛，不禁用力按住前額。護衛戰士們也搖搖晃晃地無法站穩。

「小王！汝做什麼？必須……快點、讓獸王沉睡!!」

詩歌沒有停止，而是一味地施加壓力。甚至已經達到伴隨地鳴的程度。

不，不對。實際上確實交雜著地面的搖晃。巨人們終於不支跪地。魔導師睜著布滿血絲的眼睛抬起頭，只見地面逐漸裂開，建築物發出吱嘎吱嘎的擠壓聲響開始崩塌，地面漸漸隆起。

——『某種東西』在破壞整個洞窟的同時，正在慢慢往上浮起。

「汝、汝……！汝知道自己到底在做什麼嗎!?莫非打算就這樣讓獸王覺醒……!!」

魔導師愕然地看著眼前動起來的物體。巨大的——應該說太過巨大的存在正在移動。在飛揚的塵土中，無數眼睛毫無感情地俯視著巨人們。

不知從哪裡傳來了小王（奧伯朗）的聲音。

「魔導師……不，巨人族啊。一切都為時已晚。獸王所有的力量都已經掌握在我的手中。根本不需要再依靠你們。唉，真遺憾！」

一股發自內心的恐懼爬過魔導師的身體。不能覺醒的怪物正在覺醒。他十分清楚那將會引發什麼災難。

「不……萬萬不可！不可喚醒獸王！汝的眼睛瞎了嗎！一旦解開牠的枷鎖，小鬼族也不可能全身而退!!」

「哈哈哈！你的擔心太讓我過意不去了。不過，巨人啊，你以為我只會遵照你們的命令嗎？你們的確找到了利用我父母的方式，還自以為做得很好吧？但是我不一樣，我不會永遠屈居人下!!」

巨大的『肢體』切開大地顯露。光是肢體的大小就超過巨人族，一擊就輕易把戰士的身體壓扁。

「獸王在我手上，你還不理解這個意思嗎!?」

魔導師站了起來。面對那般壓倒性的存在，他仍試圖構築魔法抵抗。

「不可，不可！汝休想得逞!!」

他吶喊著放出火焰，卻被肢體輕輕一揮就打散了。

「放心吧，巨人。會被吃掉的只有你們。你們接下來將成為餌食。我會仔細欣賞你們破滅的下場。不要客氣，這是回報你們至今為止的照顧，不過是一點心意罷了。」

「小王……！汝看錯了。總有一天會遭到報應……！獸王不是汝能操縱的東西……!!」

魔導師的叫喊聲被打斷，他整個人被揮過來的一隻腿打成肉泥。力量差距實在太過懸殊。

獸王根本沒把巨人放在眼裡，牠還在繼續上升，因此加快了洞窟的崩塌速度。最後，牠的巨軀突破頂部。整個空間都被傾瀉而下的土掩埋。

「哈哈哈哈哈……那點我也知道。我很清楚，但是沒關係。」

小王的哄笑聲迴盪在撕裂大地的破壞漩渦中。

「那種程度無法阻止我。時機已到來，沉默再也沒有意義！我……我要搶回一切!!」

——上城。

被城牆包圍的小鬼族城市如今正當解體之際。地面顫動、道路破碎，建築物不斷倒塌，連整備幻獸騎士的工房也被塵土吞沒。

城市中央最高的城堡也輕易地倒塌。一切化為瓦礫與塵埃——

在漫天煙塵之中，巨大的肢體伸了出來。有什麼東西在瀰漫的煙塵籠罩中蠢蠢欲動，彩虹色的光輝閃爍，獸王繼續上升。瓦礫和沙土源源不斷落下，伴隨著轟隆轟隆的聲響。獸王取代了城市的存在，打破了名為大地的殼，誕生於地上。

在空中盤繞的汙穢之獸彷彿慶賀主君誕生般簇擁上來。那奇妙的詩歌至今仍持續迴盪，與瀑布般傾瀉而下的沙土崩毀音混在一起。分不清是鳴叫還是慘嚎的瘋狂旋律，加上汙穢之獸們的振翅聲，譜寫出能讓聽者理智扭曲的音律。

獸王緩慢地在天空中行進，身後拖曳著仍未散去的煙塵。目標是西方。巨人們展開了問答的決戰地。

「正好，盧貝氏族和諸氏族的巨人們湊在一起廝殺。說好聽點是問答，終究還是野蠻的行徑。我可得出手幫忙一下。對了，最好一直提問到死絕為止！」

汙穢之獸也隨著獸王的動作開始移動。招來毀滅，散播汙穢，體現死亡的腐蝕魔獸們浩浩蕩蕩飛過森林的天空。

◆

有一群人目送著侵蝕天空的魔獸離開。

他們聚集在過去被稱為上城之處不遠的一座小山丘上，是不久前住在上城的小鬼族，身邊還有護衛的幻獸騎士。

察覺到魔獸群以及怪異的旋律漸漸遠去，有人低聲說著：

「小王陛下將前往戰場……說要為我們建立沒有巨人的生活。」

「也不必再受巨人脅迫。可是……城市、消失了。」

「啊啊，今後我們該怎麼活下去才好？真的有必要動用那個嗎？」

「難道你要繼續依附巨人？若不是小王（奧伯朗）陛下馴服了那個，我們遲早會被吃掉。」

「而且，小王陛下承諾過，說他一定會和『船』一起回來。在那之前忍忍吧……」

內心懷有期待，也有不安。他們只能相信小王『改變小鬼族未來』的諾言。在徹底毀壞倒塌的上城旁，人們不斷向西方的天空祈禱。

然而，並不是在場的所有小鬼族都顧著哀嘆祈禱。其中有幾個人做出不尋常的行動。他們穿著和旁人類似的服裝，表現出和旁人一樣不安的神情舉止，卻趁人不注意時悄悄離開群體。所有人都專注於眼前的事態，根本不會注意到他們的消失。

離開小鬼族集團的人很快往森林深處走去。行動迅速且寂靜無聲，就像影子一樣安靜。他們的行動具有明確的目的性，不久後便集中到某個場所。他們扔掉小鬼族的扮裝，底下出現的是弗雷梅維拉王國其中一個騎士團——藍鷹騎士團的成員們。

「事態緊急。那些小鬼族不是單純的倖存者。這個情報必須盡快傳達予銀鳳騎士團。」

諾拉面露急迫的神色環視成員們。小鬼族的城市已經毀了，巨大的物體展開行動。他們沒有時間猶豫。

「盡速聯絡在據點待命的第一中隊。我們主力部隊用飛空船尾隨那個。」

團員們點頭回應，馬上採取行動。就算有飛翔騎士的速度也不見得能夠追上。諾拉掩飾不住不快，趕往藏匿飛空船的地點。

「第一次森伐遠征軍……到底帶了什麼東西過來？這樣下去銀鳳騎士團……不對，甚至會危害到本國。唯有這點一定要避免……!!」

他們進一步加速，飛也似地穿過森林。

◆

白色的死亡瀰漫，巨人吐著血倒下。

盧貝氏族和諸氏族聯軍的賢人問答，呈現與開始時完全不同的樣貌。現在正在進行的不是問答，而是汙穢之獸施行的屠殺。

體液彈灑落到地上爆炸。揮發擴散的瘴氣吞沒一個個巨人，使得倒下的屍體隨之增加。在極度的混亂中，有個聲音響起：

「同胞們！聽吾所言!!」

「……噢噢，王啊！」

是五眼位的偽王。他一出聲號令，盧貝氏族的戰士們立即恢復了秩序。

偽王環視著倖存的巨人們，憤恨地瞇起眼睛。原本數量相當於諸氏族聯軍的巨人們已經被大量削減。

「聽著，吾的同胞。可恨的小王出動了獸王，不知道彼為何發狂，竟學會了控制那個東西的方法。」

「豈有此理。吾王，難道汙穢之獸會襲擊吾等也是如此!?」

「如同汝所見一般。」

憤怒的聲音高漲，無奈事態沒有好轉。偽王的視線越過在空中飛舞交錯的汙穢之獸，狠狠瞪著牠們背後的巨大存在。

「小王，汝自以為把獸王控制得很好，但那只是假象。獸王遲早會完全覺醒，擺脫汝的支配。如此一來……大敵覺醒。受害的不只吾等，連小鬼族也會看見苦難之時。」

「何其愚蠢……」

呻吟出聲的巨人們忽然發覺陽光被遮住，因而抬頭望向天空。原本橫行肆虐的汙穢之獸群起遠去，他們頭上只剩下那獨一無二的存在。

「獸王……」

龐大無比的體積幾乎等同一整座城市。上側呈橢圓形圓盤狀，下側則有如漏斗般伸長。由於牠太過巨大，甚至難以確認細節部分。光是停在空中，就散發出壓倒性的存在感。和巨體相比顯得異常小的眼睛，冰冷地俯視巨人。

一道耳熟的嗓音傳入束手無策、只能仰望此景的巨人們耳中。

「喔，在那裡啊。我親愛的盧貝氏族之王。唯有你，我心想一定要和你好好告別。」

「小王……汝該明白，喚醒獸王將會付出怎樣的代價。」

獸王發出令人不寒而慄的隆隆聲，似乎清楚接收到偽王的話了。

「呵哈哈哈。你的擔心真是讓我愧不敢當。但是啊，巨人族到頭來還是什麼都不懂。我們不會滅亡，會倒下的只有巨人。」

這個時候，從獸王那裡傳出了奇怪的旋律，旋律透過紅色魔獸向四周擴散。很快的，蟲子嘈雜的振翅聲便迴盪在空氣中。汙染天空的恐怖魔獸群包圍了盧貝氏族。

「好了，離別的時候到了。我巨大的朋友啊，你們就痛苦掙扎著死去吧。」

在宣判的同時，汙穢之獸一齊向巨人們發動攻擊。體液彈如雨般灑落，地面被白茫茫的霧氣籠罩。

「呼～嗯嗯～～嗯。太棒了，真是讓人神清氣爽！」

盧貝氏族巨人們所在的地方隱於霧中，什麼都看不見了。繼小王（奧伯朗）慵懶的呼聲之後，汙穢之獸開始移動。

「好，接下來就是正題了。」

魔獸群改變了天空的顏色。有某個東西來到腐蝕一切的死亡行軍前方。那是一艘揚起巨大的帆、在空中航行的船。船上懸掛著展翼的銀鳳紋章，正是銀鳳騎士團的旗艦『出雲』。

當出雲放慢速度時，汙穢之獸也配合地停止了動作。船和魔獸群在空中互相對立。

「……小王，你在那裡面吧。」

嘹亮的聲音從出雲中傳來。船的前方只有一群魔獸盤據，不過那聲音似乎很肯定其中有『人』的存在。果不其然，從獸群的最後方傳來回答：

「嗨，這不是艾爾涅斯帝・埃切貝里亞嗎？讓你久等。我總算趕上你們了。」

一種類似感嘆的驚訝情緒在出雲的艦橋上擴散。船員們迷惘而猶疑，都露出一副不知道該說什麼好的表情。只有艾爾涅斯帝一人維持著嚴肅的表情，瞪向天空的另一邊。

「那些魔獸，真的是由人操縱的嗎！」

也難怪老大會震驚地發出呻吟。對於弗雷梅維拉王國的人來說，魔獸是永遠需要與之對抗的敵人。馴服汙穢之獸那種凶惡的魔獸，簡直是宛若惡夢的事實。

「原來如此，他說他會制伏汙穢之獸。是因為有那樣的手段。」

「如何？埃切貝里亞大人！這樣您明白我們的小王陛下有多麼偉大了吧！」

札卡萊亞興奮地喊道。他身為小鬼族的一員，認為驅使汙穢之獸是理所當然的事情。船員們的視線變得嚴厲。老大用眼神制止船員們，然後問艾爾：

「到底要怎麼辦？少年。我們可以和帶著魔獸的傢伙好好相處嗎？」

「誰知道呢。不管怎樣，既然對方是人，就得看接下來交涉的結果了……」

艾爾輕輕呼出一口氣後，再度拿起傳聲管。面向外部的大型擴音器啟動。

「沒想到你真的馴服了汙穢之獸。老實說，我很驚訝。」

「呵呵呵……這是幻緲獸騎。是我那被稱作小鬼族的父母創造並留給我的東西。幻獸騎士不過是馬。這才是讓我們在森林裡活下去的『力量』。」

艾爾微瞇起眼睛，幾乎能感受到從玻璃窗對面吹來的強烈自負。對方聽命於巨人族，實際上卻陽奉陰違，成就了小鬼族的生存之道。當他猶豫著不知如何開口時，魔獸群騷動起來。

「嗯。那裡怎麼還有巨人族？太礙事了。把他們全殺掉吧。然後我們一起前往西方，前往我父母的出生之地。你我若攜手合作，事情就很簡單了，對吧？」

「……原來如此。我明白了。」

諸氏族聯軍還留在地上。當然，第二中隊和凱爾勒斯氏族也在其中。艾爾承受著艦橋中的眾多視線，只花了片刻的時間思考。

「我會遵守約定。招待小鬼族──分散的同胞到弗雷梅維拉王國。」

「哈哈哈！嗯嗯，你果然明事理！」

寂靜無聲的艦橋上，只有札卡萊亞臉上露出充滿期待的笑容。在這當中，艾爾加大了握住傳聲管的力道，果斷地表明：

「可是，我不能把汙穢之獸那樣危險的存在帶去我的故鄉。」

「…………什麼？」

「埃切貝里亞大人！您在說什麼……!?」

氣氛為之一變。四周的船員壓制住急忙邁步向前的札卡萊亞。

「不只這個騎士團。我將與本國交涉，並且在我的權限範圍內出動所有飛空船，以此運送所有人……一切經由人的力量完成，所以不需要那種危險的魔獸。」

「說什麼傻話，艾爾涅斯帝。這是我父母留下來的力量。跟巨人族或小鬼族都沒有關係，是征服一切的最強力量。」

「那是一直支持你們活到現在的東西，這個事實我明白……但那是魔獸。不是每個零件都用自己的手做出的機器，不能保證牠會永遠服從你。」

振翅聲依然在空中迴盪，兩者之間卻橫亙著異常的沉默。停頓了好一段時間後，小王（奧伯朗）才回答：

「……你不能這樣喔，艾爾涅斯帝。我明明說要和舊時的同胞合作，可是你的態度很不好。」

「很抱歉。畢竟我們是專門擊退魔獸的騎士團。無論如何都無法接受魔獸。」

聽到如此對話的札卡萊亞掙扎得更厲害了。不過，周圍的船員們都是身強力壯的鍛造師，他三兩下就被制伏，並綁起來帶走了。

回到出雲艦橋上的船員們默默地各自就定位。大家早已打定主意，做好隨時可以行動的準備。

「那就沒辦法了。不能相互理解，這是多麼令人悲傷的事情。所以嘛，沒辦法了。」

聲音從獸王體內流洩出來。扭曲的旋律彷彿要汙染所有的生命。

「稍微減少一點，對話也會變得更加流暢吧!?放心，我不會趕盡殺絕。至少要留下船和嚮導!!」

幻獸獸騎在小王的叫喊結束前就開始行動。緊接著，更多汙穢之獸配合它，重新開始前進。

「銀鳳騎士團，迎擊!!」

「出雲！全速回頭!!」

艾爾大聲下令，老大接著下達指示。出雲已經收起了帆翼，裝設在尾端的魔導噴射推進器立刻噴出火焰，讓出雲乘著推進器的動力旋轉龐大的船身。

成群汙穢之獸湧向露出側腹的出雲。

「法擊戰特化型機!!全機開始法擊!!」

配置在出雲側面的法擊戰特化型機一齊架起魔導兵裝。只見船身被朦朧的光亮包裹，隨後伸出光之長槍。

飛翔的幻獸獸騎發出鳴叫，汙穢之獸整齊地彎曲腳部，潑灑致命的體液彈——

放出的體液彈迎向暴雨般的法彈，死亡與火焰交錯衝突。在空中綻放斑斕的爆炸。

「繼續維持法擊，用全部火力壓制汙穢之獸！」

出雲慢慢前進的同時，將大半魔力灌注到法擊上。單體就能夠獨自與汙穢之獸群對抗，可見出雲的火力有多麼離譜。不過，對方也擁有人類的智慧。一知道從正面突破行不通，汙穢之獸就改變了動作。牠們分散成幾個群體繞開了法彈彈幕。

紅色幻綵獸騎發出指令，讓汙穢之獸追隨其後並組成小部隊，意圖避開法擊的火焰繞到後方——卻突然被高速飛來的槍貫穿。

「才不會讓你們碰到船！」

那是第三中隊的飛翔騎士。銀鳳騎士團的戰鬥力不只飛空船。它們在空中穿梭翱翔，封住了汙穢之獸的活動。

◆

地上的巨人族目瞪口呆地抬頭看著天上展開的戰鬥。盛開的爆炸將天空染成火的色彩，接著很快混入酸雲。飛空船發射的強烈法擊至今還在持續輸送火線。眼前的戰時光景，絕非巨人的世界所能描繪之色。

「那就是小鬼族之間的戰鬥？」

「多麼……微小之人與幻獸，竟然展現出那般壯烈的戰鬥。即使吾等也……」

一股與敬畏相似的情感湧上心頭。小鬼族的幻獸在他們伸手不能及之處交戰，就算對象是大敵——汙穢之獸也毫不退縮。飛天騎士和船艦英勇奮戰的模樣，深深烙印在許多眼睛裡。

「各位都看見了嗎？」

一名少女從因大受衝擊而發抖的巨人族中走向前。小魔導師環視諸氏族之後開口：

「……此次問答將會改變所有族人的未來。百眼降下了啟示，吾等要睜大眼睛見證這一刻。」

見巨人們點頭，小魔導師回過頭，心裡想著正在天上戰鬥的老師。

「但是……總不能讓百眼見到吾等只能坐視成敗的德行。」

諸氏族不禁譁然。雖說無法插手空中的戰鬥，不過，難道他們可以在地上愣愣看著嗎？

「戰士們，勇者們！汙穢之獸乃吾等大敵，必須由吾等親手葬送!!」

呼聲頓起，巨人們已經沒有剛才的遲疑。諸氏族氣勢昂揚地高舉剩下的投槍。

「問答尚未結束。自此時起，懇請百眼見證答案!!」

看到巨人族開始行動，第二中隊也有了不同的動作。他們召來當作母船的飛空船，將幻晶騎士回收到機庫裡。

「地上交給那些巨人就好，我們現在去和主力部隊會合。」

「喔喔——！換戰場開打啦！」

「你還真有精神啊……」

船追在和汙穢之獸交戰的主力部隊後方前進。迪特里希瞪著天空另一頭模糊的魔獸巨體，臉色變得凝重。

「我們跟汙穢之獸打過。可是……那到底是什麼？用一般的手段應付不來吧。」

他嘴裡如此嘀咕，卻完全沒有降低飛空船的速度。他們是銀鳳騎士團第二中隊，圍毆部隊所在的地方永遠都是最前線。

◆

「喝啊——！先發制人！」

魔導噴射推進器爆發出高亢的運轉聲，拖著長長的火焰尾巴。一口氣加速的飛翔騎士，以複合型空對空槍射出了魔導飛槍。

劃過天空的鐵槍朝著汙穢之獸飛去。蟲子趕緊放出體液彈，試圖用擴散的酸雲阻止長槍，但還是有幾根突破了酸雲。高速飛行的長槍貫穿了魔獸。汙穢之獸自己的血化為腐蝕性的酸雲，向地面墜落。

「很好！這樣就第三隻了！」

「別得意忘形。酸雲正在擴散，把戰場的高度降低一點。」

海薇機的魔導光通信機亮起，向第三中隊傳達指示。

原本晴朗無雲的天空，不知不覺間因汙穢之獸所釋放的酸雲逐漸覆上陰霾。隨著戰鬥進行，飄浮的死亡領域不斷蔓延。這才是汙穢之獸擁有的最大能力，也是最麻煩的地方。

小王（奧伯朗）在戰場對岸的『獸王』之中注視著戰場，咬牙切齒地說：

「……魔獸的損失比預期來得多。」

來回飛翔的飛翔騎士阻止了汙穢之獸的進攻。不僅如此，他們還穩定而確實地打倒一隻又一隻魔獸。

艾爾涅斯帝所在的巨大船艦依然坐鎮於中央，聯合其他飛船持續進行法擊。如果貿然從中央突破，連汙穢之獸都會在酸雲到達之前被轟成焦炭吧。

「空中飛行的船，飛行的幻晶騎士。西方的國家是多麼強大啊。艾爾涅斯帝，你實在是相當優秀的領導人。早知道一開始就該放棄交涉，在那時候殺了你……！」

回想起在小鬼族的村子裡相遇，以及之後他們在上城生活的情形，小王不禁懊悔地呻吟。雖說艾爾自稱為騎士團長，小王仍沒辦法盡信他所說的話——事實上也有點令人難以置信。然而，當他親眼目睹艾爾率領那個戰鬥集團——他所謂的騎士團——展現力量之後，一種錯失千載難逢之機的懊悔情緒就控制不住地在心頭浮現。

「他們習慣戰術，善於以集團對付魔獸的作戰方式！原來如此，西方的人民一直在對抗魔獸。」

這可說和不得不與魔獸——與巨人共同生存的小鬼族處境恰恰相反。諸如騎士和機器的高度合作，集體戰中的戰術等思維，都是厭惡魔獸、卻得依賴魔獸力量的小鬼族無法理解的。

汙穢之獸是強大的魔獸，但人類的智慧超越了牠們的能力，進一步決定戰爭的走向。

「我不會讓那種事發生。戰術啊，我們和那些愚笨的巨人不一樣，我們也有智慧!!幻繰獸騎，聽到了嗎？重新組成陣形，提高魔獸的力量!!」

小王發出聲音嘹亮的指示，紅色魔獸也順從呼應。

幻繰獸騎高聲鳴叫著傳達王的命令，具有明確目的的汙穢之獸跟著改變了行動。使得原本散亂無章灑落的體液彈集中到局部。固執地擴張領域的酸雲阻礙了飛翔騎士的去路。

「這下不妙！對方在四處都做起了橋頭堡。如果我們的行動被限制就完蛋了。只能後退……！」

海薇看穿戰況的變化，不由得垮下臉來。飛翔騎士確實是很強大的武器，但缺點也不少。尤其是高機動性所需要的寬廣作戰空間，很可能在戰鬥中成為不可忽視的弱點。

「不要讓魔獸靠近。各機集中法擊。把牠們的先頭部隊打下去!!」

艾爾下達指示，由出雲帶頭領著飛空船隊前進取代了飛翔騎士。用法擊將最前方的敵人領域全數驅散。哪裡往前推進就轟炸哪裡，持續著一進一退的攻防戰。

「喂，看那邊。那些魔獸竟然在保存戰力！」

用望遠鏡觀望敵情的老大不是滋味地抱怨。

汙穢之獸群並不是一直在戰鬥，再怎樣強大的魔獸也還是生物。老大看見的就是牠們其中一部分和騎士團交戰，一部分則退到後方的景象。回到獸王身上的魔獸們停靠在表面上休息，獸王似乎扮演著母船的角色。既然對方有補給，就很難靠消耗戰獲勝了。

艾爾等人注視著景色朦朧的對面，也理解了這個事實。

「看來對面也不會那麼簡單就被逼上絕路呢。」

「如果是這樣，就只剩打擊那個巨大魔獸的方法了。這樣下去會沒完沒了。」

儘管出雲還在支援法擊，但是酸雲並沒有消散的跡象。不僅如此，在繼續擴散的死亡領域面前，他們還是被迫慢慢退後的一方。

「……雲很厚！而且我們的法擊幾乎打不到那個大傢伙！用魔導飛槍也無法狙擊！」

「就算只命中幾發也沒什麼效果。想打倒牠，只能集中火力突破了。」

想要瞄準巨大魔獸，那些斷斷續續襲來的汙穢之獸就會來妨礙。反而是銀鳳騎士團方缺乏決定勝負的一擊。當他們以為這樣僵持的狀況還會持續的時候——

法彈劃過天空。

燦然生輝的火焰從『背後』擊中了獸王，掀起猛烈的爆炸，連帶炸飛了幾隻停在體表的汙穢之獸。獸王本身巨大的身體似乎讓牠覺得不痛不癢，但是小王感受到的衝擊可不小。

「剛才是怎麼回事!?哼，從後面也有飛船過來。被敵人繞到後面了嗎……不對。這樣啊，他們還留了一手！」

戰場上出現了新的參加者。幾艘飛空船在出雲的對面，形成將小王他們包夾的態勢。在這塊土地上擁有飛空船的組織只有銀鳳騎士團。不過，艾爾等人也同樣感到驚訝。

「不，我們沒有設置伏兵。他們一開始就在別的地方，也就是說……」

答案顯而易見。在船隊的前頭，『伊迦爾卡』正昂然立於飛空船的頂部甲板上。

「哼哼～！聽諾拉小姐他們所說，我才過來看看！小王，你要和出雲……和艾爾戰鬥啊。而且還帶著魔獸！那我就要打倒你!!」

亞黛爾楚坐在伊迦爾卡的駕駛座上，瞪著幻象投影機螢幕中顯示的景色。她操作著鍵盤，對伊迦爾卡下令：

「好——伊迦爾卡！那是艾爾的敵人，把他們揍得遠遠的！」

伊迦爾卡舉起銃裝劍，發射轟炎騎槍。威力與射程都十分卓越的火焰長槍抵達獸王體表，在甲殼上噴出的火焰使巨體受到衝擊。趁著這個空檔，飛空船上的飛翔騎士陸續出擊。

「你不能背對出雲吧。所以現在就是瞄準時機！伊迦爾卡，是時候表現一下囉！」

話才說完，伊迦爾卡便啟動了魔導噴射推進器，拖曳著火焰尾巴飛掠過甲板。機體俐落地朝空中飛去。

飛行中的伊迦爾卡像展開翅膀一樣，打開了裝設在背面的裝甲。那是附加的空降用追加裝甲。

雖是簡易的規格，但也備有源素浮揚器的空降用追加裝甲為機體提供浮揚力場，再配合輔助用的翼狀裝甲，便能夠穩定支撐目前輸出動力不足的伊迦爾卡。

「第一中隊，就戰鬥陣形！」

「藍鷹騎士團負責掩護。」

出擊的飛翔騎士與伊迦爾卡一同排列出戰鬥陣形，藍鷹騎士團的飛翔騎士則緊隨其後，在獸王背後展開了部隊。就這樣，闖入魔物森林的各方騎士隊都集結到戰場上了。

戰鬥迎向新的局面——

出現在眼前的是巨大飛行物體和汙穢之獸群。由於正在和銀鳳騎士團的主力部隊交戰，因此背後散布的酸雲並不是那麼厚。獸群完全將毫無防備的背部暴露在第一中隊面前。

「現在一口氣給予痛擊！但是不要深入，對方大概會展開迎擊。進行一次攻擊就馬上脫離!!」

「收到!!」

隊員們依照艾德加的指示，組成井然有序的隊伍，後面跟著藍鷹騎士團。飛翔騎士們的推進器發出高亢的運轉聲開始突擊。

魔獸們也不只是悠閒地等待。依附在獸王身上的汙穢之獸急忙出動，準備迎戰第一中隊。

此時，耀眼的火焰長槍飛來。伊迦爾卡放出的轟炎騎槍從後方掩護第一中隊的突擊，一一焚燒擊墜正要離開獸王的汙穢之獸。

「我還真是小看你了，艾爾涅斯帝！外表看起來那麼可愛，但畢竟是越過了這片森林的人。作為指揮官的表現不容小覷啊。」

逼近酸雲擴散的領域邊緣後，飛翔騎士們展開攻擊，放出所有魔導飛槍，發射猛烈法擊。受到波狀攻擊的獸王甲殼上炸開一朵朵爆炎之花。

「……嗚。還真硬啊。」

完成攻擊之後，艾德加掉頭確認結果。

法擊的火焰消散後，出現在眼前的是毫髮無傷的獸王。甲殼上沒有明顯的傷痕。體積超過一定程度的魔獸，通常擁有極為堅韌的耐久性。獸王似乎也不例外。

「呵、哈哈！真可惜啊。會飛天的幻晶騎士！看來你們沒有傷害獸王……傷害我們的力量。不過，要是你們破壞太多汙穢之獸也很傷腦筋。畢竟湊齊這些數量，可花了我相當長的時間。」

小王不甚愉快地扭曲著臉。這時，從獸王的某處傳來低吟聲，像是在附和他所說的話似地發出震動，於是他抬起頭。

「對！我當然知道。我不會讓一無所知的西方之民為所欲為，不會讓他們妨礙我們的心血。使用詩歌，打開吧……!!」

他下定決心，向獸王下達命令。一邊感受著牠巨大的身軀開始發出恐怖的轟鳴，小王一邊狠狠瞪視飛空船。

◆

「是第一中隊，諾拉小姐他們也在，還有伊迦爾卡……亞蒂也跟他們在一起！」

在出雲的艦橋上，艾爾用遠望鏡確認情況，認出那艘飛空船的模樣，以及上面懸掛著的銀鳳騎士團與藍鷹騎士團的旗幟後，他臉上露出笑容。老大也用拳打了下手心，同樣面露喜色。

「那幾個傢伙真機靈。這樣就可以夾擊他們了！」

「我也要用卡薩薩奇出擊。伊迦爾卡在這裡，所以現在正是打破膠著狀態的好機會。」

「噢，接下來交給我！」

艾爾立刻趕往船艙，跳上了待機的卡薩薩奇。有如只有上半身在移動的幻晶騎士——怪異機體滑向天空，伴隨推進器的呼嘯及彩虹色的光，輕快地在空中翱翔。

第一中隊和藍鷹騎士團加入進攻分散注意力。期間，以出雲為中心的主力部隊緩慢移動，並繼續對酸雲進行攻擊。維持包夾的陣形，從兩側施加壓力。

飛翔騎士和飛空船縱橫馳騁。此時，原本只是看著汙穢之獸群戰鬥、毫無動靜地浮在空中的獸王，開始有了明顯的動作。

受到法擊和魔導飛槍攻擊依然紋絲不動的甲殼上突然出現裂縫，要說是被破壞，其實也並非如此。

獸王上方的甲殼陸續開啟，從內側伸出了閃耀虹彩光輝的薄翅，下部則擴展開來。呈漏斗狀的根部張開，有東西從裡面伸了出來。那是牠的『肢體』。無數肢體猶如花草根部般生長蔓延，接著牠抬起頭部，數不盡的眼睛反射出黯淡的光芒。

獸王原本就足夠奇怪的模樣變得更加詭異。如果要舉例，很類似長出根部的球根植物。不同之處在於牠的上部長著許多散發彩虹色光的翅膀，下部像是根的地方則全是肢體。讓人分不清到底是蟲還是獸的異常形體。原本就很巨大的身軀在打開甲殼後變得更加巨大，幾乎覆蓋了整個天空。

「開玩笑的吧……」

「這樣比較起來，陸皇龜還比較可愛呢。」

坐在飛翔騎士上的騎士失了魂似地盯著幻象投影機。他們對自己的愛機有著絕對的信賴，但撇開這點，他們心底還是不禁湧出一絲懷疑——我們真能打倒如此巨大的魔獸嗎？

在鐸克特里納・席巴寂靜無聲的天空上，獸王悠然地動了起來。虹彩光芒在體內循環，各個器官蠢蠢欲動。各式各樣的聲音流瀉而出，並引起迴響，演奏出異樣的旋律。之前微弱流動的聲音一口氣增強了壓力，滲透到戰場的每一個角落，而且糾纏不休地持續擴散。

「……！這是、什麼……!?」

「嗚!?腦中、有回音。這是那個魔獸的、攻擊!?」

下一秒，騎操士和飛空船的船員們接二連三地按住腦袋，開始痛苦掙扎。怪異且令人不舒服的音調就像直接侵入腦中般不斷迴盪，就算捂住耳朵也擋不住。

「好噁心……」

加諸於此地的詩，賦予能聽聞者同等的痛苦，這是全然未知的狀況，無人能對此做出任何抵抗。

「該死！這種程度！喂，讓牠瞧瞧你們的氣勢!!我們怎麼可能被魔獸的攻擊打敗!!」

出雲艦橋上的船員們亦痛苦地試圖抵抗。老大也勉強站著，咬緊牙關、直冒冷汗。出雲不穩地搖晃，而這不僅是因為船員們感到痛苦的關係。

在周圍守護的飛翔騎士陣形也逐漸瓦解。騎操士們以堅忍卓絕的精神力抵抗強烈的不協調感。然而——

相對的，魔獸們似乎感覺不到痛苦，反而更加活躍地發出一種難以用歡喜形容的鳴叫聲，接著撲向痛苦且行動緩慢的騎士團。

「可惡，快迎擊！再這樣下去……!!」

「搞什麼，機體的反應……動作、很遲鈍!!」

騎操士們強忍痛苦，咬緊牙關進行反擊之後，又被新的驚愕侵襲。那件事就是——截至目前為止一直能輕快行動的飛翔騎士，傳回來的手感變得異常遲鈍。推進器斷斷續續，鰭翼的動作也很緩慢，所有儀器對駕駛的反應都變得遲緩。難道理應沒有自我意志的機體也會感到痛苦嗎？

優雅地在空中游泳的半人半魚騎士，行動變得像被沖上岸的魚一樣難看。這樣根本無法和汙穢之獸作戰。騎操士們苦悶地咬牙，因強烈的危機感而發抖。

「……嗚！想辦法、發射法擊！別讓他們靠近……」

魔獸毫不留情，朝著動作遲鈍的飛翔騎士們放出體液彈——

突然，從地面上發射的法彈飛到空中，截斷了蟲子的攻擊。拖曳著橙色光輝的火焰彈撞上體液彈，立刻在空中爆炸。

「那是……誰!?」

海薇按著腦袋，轉動機體的頭部四下張望。她很快就找到了法擊的來源。只見地上有個穿戴藍色裝束的集團聚在一起。

「同胞們，不要膽怯。助吾等友人一臂之力！對大敵放出火焰！打擊汙穢之獸！」

巨人們紛紛舉起魔導兵裝對天空發射法擊。雖然因還不習慣而顯得生疏，但這點能夠靠攻擊的數量彌補。負責指揮的小魔導師手中也凝聚出火焰，朝汙穢之獸施放魔法。

「可不能讓鋒頭全被凱爾勒斯氏族搶去！戰士們，預備！投射!!」

不只凱爾勒斯氏族的巨人，從諸氏族中遴選出的勇者們也在那裡。他們一拔起整齊插在周圍地面上的投槍，便朝汙穢之獸猛力擲出。儘管沒那麼容易命中，巨人的一投還是能對魔獸造成致命傷，具有牽制獸群行動的意義在內。

「呵呵。多虧小魔導師和巨人們，得救了！趁現在重整態勢……！」

飛翔騎士們一邊安撫不聽話的機體一邊後退。汙穢之獸試著追上，卻屢遭地上巨人們發出的攻擊阻撓。擺脫困境的飛翔騎士們總算能夠和飛空船會合。

天上仍持續迴盪著奇怪的旋律。即使痛苦難忍，銀鳳騎士團仍拚命尋找反擊的線索。

◆

不只主力部隊遭到獸王的旋律襲擊而狀態不佳，隔著獸王在另一邊的第一中隊和藍鷹騎士團也一樣。

「隊、隊長！這是……!?」

「嗚。光是汙穢之獸就夠棘手了。牠們的老大更……難搞啊！後退……！保護船！」

艾德加機以不靈活的動作開始下降，隊員們跟在後面。飛翔騎士產生的不協調一目瞭然，原本井然有序的隊列陣形正在瓦解。

然而，搖搖晃晃行進的第一中隊還是無法完全甩開魔獸。就像是要報復他們之前大肆攻擊一樣，魔獸群起攻之。

「你們……！發射、法擊！哪怕一點也好，拖住牠們的腳……步。」

零零散散的法擊是現在飛翔騎士所能做的全力抵抗，可惜沒有發揮太大的效果。那些汙穢之獸是唯有最大限度運用飛翔騎士能力才能勉強打敗的對手，沒那麼容易被分散的攻擊打到。獸群見機不可失，馬上加速接近飛翔騎士。就在牠們快咬上尾端的騎士們時——

就被一波從側面飛來的火焰彈擊中爆炸。

「那是伊迦爾卡！亞黛爾楚還能動嗎……!?」

銃裝劍斷斷續續地發射，伊迦爾卡正在靠近。它的動作看起來不像飛翔騎士那般遲滯。

「真的、好吵！不過還撐得住！你們快退後。我來掩護！」

「抱歉……拜託了。」

魔獸們將伊迦爾卡視為威脅，於是改變了攻擊目標。

確認自己成為目標後，伊迦爾卡也改變了行動。魔導噴射推進器咆哮著，鬼面武士在空中飛舞，靈活地穿梭閃避猛烈擊發的體液彈和擴散的酸雲。

「不過，伊迦爾卡的動作、還是有點不對勁！受不了！那個大魔獸真的吵死人了啦!!」

獸王仍飄浮在空中，持續向周圍散發奇怪的音色。在巨獸的庇佑之下，只有汙穢之獸活躍地來回飛動。

伊迦爾卡的動作看似同樣靈活，但駕駛座上的亞蒂卻感覺到一股平時沒有的阻抗。原本就很難控制的機體，現在更像個鬧脾氣的孩子反抗自己的控制。她是仗著艾爾親自傳授的運算能力，才好不容易壓制住狂暴失控的伊迦爾卡。

轟炎騎槍掠過空中，迸散使人目眩的火光，可是火焰打不到魔獸。無法期望現在的伊迦爾卡能有平時的精確度。

「大家已經拉開距離了吧。嗚嗚，我也差不多該後退了！」

魔導噴射推進器咆哮著，推動伊迦爾卡再次加速。只差一秒，身後的空間就會被酸雲吞沒。由於飛翔騎士撤退，魔獸們因此將矛頭指向伊迦爾卡。

現在的伊迦爾卡就連反擊也變得困難。處於無法發揮全部性能的狀態，加上獸王的攻擊造成的障礙，沉重的負荷化為鎖鏈，束縛著伊迦爾卡。

「得先殺出一條路，不然這樣下去……!?」

亞蒂連忙用力踩下踏板。下個瞬間，伊迦爾卡加足推進器到最大輸出動力，有如彈射一般移動。擴散的酸雲掠過機身，有驚無險地避開迫近的死亡領域。

但也只有短暫片刻能放下心來。突然間，亞蒂意識到伊迦爾卡正在往下掉。

「伊、伊迦爾卡在墜落……!?為什麼!?」

原因很快揭曉了。伊迦爾卡裝在背上的空降用追加裝甲正因遭受腐蝕而冒著白煙。亞蒂原以為自己完全躲開了酸雲，結果還是受到了一點傷害。

空降用追加裝甲的耐用性較低，是以用完即丟棄為前提設計的裝備，當然承受不了能使飛翔騎士墜落的腐蝕性空氣。一旦空降用追加裝甲提供的浮力場中斷，失去支撐的伊迦爾卡就會降低高度。

「只靠推進器飛……不行，撐不住。沒辦法再像這樣繼續飛了。只能降落……」

正因為伊迦爾卡十分強大，同時亦是以消耗巨大魔力為前提的缺陷機體。在使用『皇之心臟』和『女皇之冠』等巨大動力源的時候還沒有問題，但現在使用的是普通魔力轉換爐，會使得供給追不上消耗。

如果繼續使用魔導噴射推進器，魔力儲蓄量恐怕會很快枯竭。在戰場的中心，那便意味著死亡。

現在還有餘力。伊迦爾卡不得已選擇著陸，亞蒂謹慎調整推進器的動力，開始慢慢降低高度。

——魔獸們不會放過衰弱的獵物，發出奇怪的叫聲撲向伊迦爾卡。牠們不可靠的智能似乎也能理解伊迦爾卡的法擊能力別具威脅，必須運用一切方法將其排除。

魔獸們糾纏不休地追逐無法任意行動的伊迦爾卡。

「真煩人！搞不好就算降落也逃不掉，可是現在沒有多餘的魔力反擊……」

被攻擊的話，就不得不啟動推進器迴避。已有前例證實，即使伊迦爾卡再強，挨上體液彈也會被擊落。亞蒂緊盯著一點一點減少的魔力儲蓄量，小心翼翼地操縱著伊迦爾卡。

就像嘲笑她的抵抗一樣，汙穢之獸輕快地在空中起舞，對躲開酸雲的伊迦爾卡曲起前肢，射出帶著魔法現象的體液彈。大量體液彈朝伊迦爾卡撲面而來——

突然間，空無一物的空中發生了爆炸。

「好像逃過一劫了!?這是很讓人高興啦，但那到底是……？」

並非伊迦爾卡採取了什麼行動。亞蒂睜大眼睛環顧四周，然後很快地看到大量法彈飛來。

每一發都只是低威力的小法彈，不過連續且大量發射的法彈形成了彈幕，把飛向伊迦爾卡的體液彈全數排除。

亞蒂凝視著幻象投影機，臉上浮現喜悅的表情。她知道誰的魔導兵裝能夠實現這種法擊，當然也清楚其所搭載的機體為何。

法擊的源頭正高速接近伊迦爾卡。

那是個奇形怪狀的幻晶騎士。展開裝甲的姿態如同鳥一般，但看見它骷髏似的頭部後，就知道那是完全不同的東西。

「艾爾──!!」

幻晶騎士卡薩薩奇在猛烈迸散速射式魔導兵裝的同時一口氣接近。與平時相比毫不遜色的輕快動作，好似完全不把獸王之詩放在眼裡，硬是介入伊迦爾卡和魔獸之間。

「亞蒂！妳沒事吧!?」

「艾爾，嗯！伊迦爾卡也沒事喔！」

卡薩薩奇用速射式魔導兵裝阻止了汙穢之獸的行動。即便是明顯的牽制攻擊，但也因此爭取到決定性的時間。

「亞蒂，我們要反擊。這需要妳和伊迦爾卡的力量。雖然完全是臨場發揮……請幫我一下。」

「咦？當然好。可是你要怎麼做？」

「這個嘛……」

話剛說完，卡薩薩奇就轉過身，朝搖搖晃晃飛著的伊迦爾卡前進，從背後猛地撞了上去。

# 第七十一話　魔王和鬼神在空中相遇

「艾爾!?你、你在做什麼!?」

艾爾涅斯帝不顧慌張的亞蒂，自顧自地操作卡薩薩奇。

卡薩薩奇腹部的輔助腕伸出來，抓住了伊迦爾卡的後背。變成和小魔導師那時候同樣的狀態。

卡薩薩奇抱著伊迦爾卡展開了可動式追加裝甲。

「乖，再稍微等一下。」

「哦、哦哦!?嗯嗯！完全沒問題!!」

就幻晶騎士的標準來說，卡薩薩奇雖然是個半吊子的存在，卻擁有帶著他人飛行這項獨一無二的功能。不過，艾爾的目的不僅僅是支撐伊迦爾卡。

「那就開始吧。兩機路徑確保，開始魔力傳導……」

兩架機體透過輔助腕和結晶肌肉形成了魔力迴路。

「確認連結所有魔力轉換爐，魔力儲蓄量共有化……直接連接魔導演算機，獲得主操縱權……」

卡薩薩奇裝載的『皇之心臟』、『女皇之冠』和伊迦爾卡的魔力轉換爐全部連接在一起。四具魔力爐按照艾爾的命令開始全力運轉。進氣裝置隆隆作響，魔力轉換爐則是吞食乙太，產生出龐大的魔力。

「藉由強化構造重新定義整體形狀……卡薩薩奇和伊迦爾卡，合為一體。」

幻晶騎士應用強化魔法鞏固接合，支撐全身的重量。若是將兩架幻晶騎士定義為同一個形體的話——？透過輔助腕連結的兩架幻晶騎士，在強力的強化魔法維持之下，重新組成了一個機體。

「完成。開放型源素浮揚器開放輸出功率。擴大效果範圍……！」

隨之產生的魔力源源不絕地湧入卡薩薩奇所有的開放型源素浮揚器中。連接兩機的魔導演算機迅速處理龐雜的魔法術式。於是，自從建造完成以來，開放型源素浮揚器首次解除了所有限制，開始全力運轉。

彩虹色的光滿溢而出，蓋過了天空，在兩架機體的腳下畫出好幾層彩虹的圓環。伊迦爾卡沒有使用推進器，站在虹色的光環上，看起來穩定且不可動搖。

「確認動力和機器設備穩定……卡薩薩奇和伊迦爾卡的所有機能完成連接。睜開眼睛吧。」

在卡薩薩奇的駕駛座上，艾爾逐一檢視兩機所有設備與功能。他對卡薩薩奇以及伊迦爾卡瞭若指掌。兩架幻晶騎士對他來說就像自己的身體一般熟悉。

——兩架幻晶騎士合為一體，化身為鬼面八臂的鬼神，昂然屹立於空中。

這時，從周圍傳來了奇怪的詩歌。魔獸奏響的音律幾乎要侵蝕腦髓。沉浸於幻晶騎士的艾爾不悅地皺眉，馬上搖了搖頭，甩開那種感覺。

「亞蒂，多虧有妳努力到現在。接下來我也會一起戰鬥。」

「交給我吧！跟你在一起的話，我們就是無敵的!!」

兩架幻晶騎士以彩虹色圓環為立足點，在天空中茫然地靜止。

汙穢之獸群湧向那個看似渾身破綻的鬼神。雖然不明白原因，但敵人停止了動作，現在或許可以用體液彈瞬間解決它。

魔獸群既不高興也不急躁，只是機械式地進行攻擊。發射的體液彈在空中爆炸，天空中出現了一片酸雲。兩架幻晶騎士毫不抵抗地逐漸被酸雲吞沒。

在這個世界上，沒有任何生物能耐得住汙穢之獸釋放的酸雲。尤其對大量使用金屬製造的幻晶騎士而言，理應是天敵一樣的存在。

然而，異常變化很快地發生了。

空氣開始流動。在充滿酸雲的空間中心捲起漩渦，不停捲入雲並且在轉眼間擴大。原本充滿死亡的空間很快就變成了一個巨大漩渦。

「……想想其實很簡單。汙穢之獸使用的腐蝕性體液彈，其真正可怕之處在於揮發性和擴散性。但是……你們知道嗎？雲霧註定會隨風飄散！」

從雲的空隙間綻開虹彩色光芒。儘管被酸雲包圍，兩架幻晶騎士依然完全沒有損傷。

卡薩薩奇的可動式追加裝甲發出朦朧的光，那不是單純的防禦用裝甲。接收魔力灌注之後，表面上浮現大量紋章術式，術式則引導出空氣系統的魔法，召來狂風並捲起漩渦——狂風之守護。

「『暴風外衣』……除去所有蟲子的汙穢！」

翻騰的暴風完全吹散酸雲。死亡汙穢已經再也碰不到他們。艾爾和小鬼族村人們苦心鑽研而完成的紋章術式，於此展現真正的機能。

立於彩虹之上，身披風暴的鬼神。

即使自身所擁有、最大最強的能力被擊破，汙穢之獸群也沒有動搖。不如說牠們本來就沒有所謂的感情或是思考。

牠們只是按照幻繰獸騎的命令行動。

紅色魔獸鳴叫著發出下一道命令。只見魔獸群放棄使用體液彈攻擊，轉而向兩架幻晶騎士衝去。

『暴風外衣』的確是對付酸雲的有效防禦方法。

不過，就算能吹走雲霧，碰到魔獸的巨體又會怎麼樣呢？每一隻汙穢之獸本身都可以成為裝滿腐蝕性體液的炸彈。

不惜犧牲性命的魔獸群勇往直前。

企圖消滅大敵的獸群來勢洶洶，填滿了幻象投影機螢幕的每個角落。

「艾爾，牠們衝過來了！那麼多……」

「沒關係，亞蒂。我知道牠們在打什麼主意。不管來多少都不足為懼。『執月之手』，起舞吧。」

在艾爾的操縱下，伊迦爾卡發射了執月之手。分離的手在風暴中飛舞，開始在機體周圍盤旋環繞。

執月之手纏繞著紫色雷電，迸散四射的火花化為眩目的雷光。雷擊在空中縱橫馳騁、交錯往來，最後形成一個將兩架幻晶騎士包覆的籠子——

「嗚聲響徹，『雷霆防幕』！」

多重連發式魔導兵裝以飛翔的執月之手為起點發動。雷鳴咆哮，貫穿了肆虐的狂風。

這是過去在西方號稱最大、最強的戰鬥用飛空船——『飛龍戰艦』使用的空對空攔截裝備。

將接近的一切破壞殆盡。既是絕對的守護，亦是造成必然滅亡的攻擊。

雷擊毫不留情，朝翻騰起伏的風暴之中接近的魔獸露出獠牙。每當閃光掠過，就會有魔獸被粉碎，迸散出酸雲並墜落。

暴風吹襲，雷鳴響動。任何攻擊皆無法碰觸到殘暴的鬼神，甚至連接近也不被允許。汙穢之獸終於表現出無聲的動搖。

艾爾的視線越過被摧毀而墜落的魔獸群，瞪視牠們背後的存在。規模超乎常理的巨獸不斷放出怪異的詩歌，那才是敵人的首腦。

「汙穢之獸，接下來我們將成為你們的災禍……因此我將這架機體命名為『災禍之伊迦爾卡』。」

推進器噴吐出火焰。

挾帶虹光與風暴，鬼神——災禍之伊迦爾卡開始飛翔。

◆

「這邊來了好多汙穢之獸。附近的好像都聚集過來了！」

周圍的魔獸群一齊改變了動作，為了排除嚴重的威脅，一窩蜂地湧到鬼神身邊。

「這表示我們鬧得愈厲害，大家的負擔就會愈小。就在這裡殲滅牠們！」

「好！哼哼～跟艾爾在一起的話，這些魔獸根本算不了什麼！」

推進器噴出的火焰增強，鬼神又加快了速度，面對汙穢之獸那樣的對手，膽大包天地從正面迎戰。汙穢之獸一齊放出體液彈，接二連三朝著鬼神投擲轟炸並產生酸雲，但是全都被狂風

吹散了。沒有造成任何損傷。

「『暴風外衣』沒有問題！『雷霆防幕』由我接手控制，艾爾！」

「謝謝，亞蒂。那麼……法擊，用纏鬥消耗牠們！」

災禍之伊迦爾卡舉起銃裝劍。與魔獸的距離並不遠，如今已經不必因酸雲而保持距離。無論是再怎麼敏捷的魔獸，只要牠們主動靠過來就不會打偏了。

轟炎騎槍精準地貫穿一隻又一隻魔獸。

魔獸無視被轟飛的同伴屍體，進一步迫近。雷鳴使空氣震動。雷霆防幕把所有接近的異物一隻不剩地擊落。魔獸的四肢被炸得斷裂，噴濺出的體液形成腐蝕性的雲霧，卻也都被鬼神的狂風驅散。

狂風席捲，雷鳴高響。

每當火焰發出咆哮，就多一隻蟲子屍體墜落到地上。這片天空中沒有任何東西能拖住鬼神的腳步，災禍之伊迦爾卡勢如破竹地突入敵陣。

「啊啊……那是、怎麼回事？聽見毀滅詩篇，以汙穢之獸為對手！為什麼還能那樣靈活地行動⁉」

幻纅獸騎阻擋在猛衝向前的彩虹領域面前。對汙穢之獸下令，同時自己也放出強烈的酸蝕漩渦。鬼神的狂風迎頭撞上酸蝕漩渦。狂風肆虐，酸雲眼看就要纏上獵物——看似如此，但可動式追加裝甲卻發出了微弱的光。那是魔導兵裝，經由操作可以自由改變動向。

鬼神的風轉變了方向。不抵抗酸蝕漩渦，而是順著流向將之化解，包含死亡汙穢的漩渦於是散去。災禍之伊迦爾卡刺出了銃裝劍。由兩個騎操士駕駛的鬼神沒有任何死角，它放出的轟炎騎槍不偏不倚地貫穿了幻繰獸騎。

失去幻繰獸騎控制的汙穢之獸一下子全陷入混亂狀態。一旦沒有了人類的智慧和戰術，留在這裡的就只是些低智能的蟲子。三兩下就被狂暴的鬼神驅散。

「那就是幻晶騎士？那種東西怎麼可能存在於這個世界上!?」

小王驚慌而顫慄。無論是巨人、幻獸騎士，甚至是幻繰獸騎都不如眼前之物異常。能與其相提並論的，或許只有這個獸王——

就在他拚命試著釐清紊亂的思考時，不知從哪裡傳來了聲音——來自於這個所在地，明確地將某人的『意志』傳達給他。

「……啊，啊啊。沒事的，不用擔心。既然這樣，就由我親自出馬……放心好了。那個東西怎麼會是我們的對手。」

不曉得是在跟誰對話的小王恢復平靜，並且下定決心。然而，他的決心在接收到隨後傳來的『意志』後再次被擾亂。

「什、什麼!?那可不成。不能再繼續加強毀滅詩篇！……嗯，我知道。說得沒錯，可是……！」

『意志』不肯讓步。無法說服它的小王用力握緊拳頭。

「現在不是計較手段的時候。沒錯，西方不會輕易接受我們。那麼……只能打倒他們了。我們將前往西方之地，我們的故鄉。在回歸偉大的洪流之前，必須抵達那裡！」

小王下定決心，整個人靠坐到座位上，闔眼沉入意識深處，隨後，他產生與某種龐大流動相繫的感覺。下一秒，從周圍傳來巨體移動的咯吱聲響。

「……你們退下。那是汙穢之獸無法應付的對手。由我親自上陣……你們去攻擊船。」

接到王的命令，幻操獸騎改變了行動，汙穢之獸則跟隨其後。

看到附近的魔獸一齊改變了動作，災禍之伊迦爾卡也放慢了速度。同時，也是因為遮住大半視野的巨體開始移動。體積大得離譜的獸王光轉個身，就在周圍颳起一陣風。

「看來牠把我們視為相當大的威脅。」

「這也難怪啦！我都不記得我們打飛幾隻魔獸了。」

獸王的眼睛從更高的角度俯視腳踩虹色圓環、在空中屹立不搖的鬼神。眾多視線全集中到災禍之伊迦爾卡上，明顯將其視為目標。

「……小王，那種東西就是小鬼族的王牌嗎？」

在颳著強風的空中，很難想像艾爾細微的低語聲能傳達到對面。可是，從獸王那裡傳來的耳熟嗓音卻給了他回答。

「歡迎你……雖然外型不太一樣，不過我見過那個騎士。艾爾涅斯帝，看來你真是我的頭號大敵！真讓人傷透腦筋。正因為如此，我們決定要竭盡全力打敗你，我們必須排除所有障礙。」

如此宣告的同時，獸王流出的旋律增加了壓力。

「打倒了無數汙穢之獸的力量著實令人驚嘆！但那終究是一種工具。就讓你好好品味一下我們發現的『毀滅詩篇』……！」

獸王的巨體看起來好像在振動。『詩』的壓力愈來愈強，朝災禍之伊迦爾卡猛烈吹襲而去。支撐著鬼神的彩虹圓環開始搖晃。

「嗚嗚……這個聲音!!變得、比剛才更強……頭好痛……」

以眾多魔獸為對手也寸步不讓的鬼神第一次顯露怯色。彩虹色圓環的輪廓搖盪，浮揚力場變得愈發不穩。獸王靠得愈近，鬼神就愈痛苦地傾斜晃動。

「伊迦爾卡……又不能、正常行動了！艾爾，這樣下去……」

亞蒂按住頭，拚命移動操縱桿，可是魔導演算機的反應很遲鈍，讓災禍之伊迦爾卡失去了直至先前為止的強大。

◆

不只災禍之伊迦爾卡因獸王放射出的強烈『詩歌』備受煎熬，在遠處戰鬥的飛翔騎士們也陷入同樣的困境。

「嗚……！比起剛才、更強烈……!!」

「防禦陣形……！現在、要挺住!!」

飛翔騎士們集結在一起，試著加強防禦。汙穢之獸群輕快地四處飛舞，在這種狀態下戰鬥未免太過不利。他們只能苦苦死守，等待這段難熬的時間過去。

「看啊。小鬼族的幻獸動得很奇怪。」

「這份……腦袋傳來的痛楚。彼等或許是為此所苦吧。」

在地上戰鬥的巨人們也扭曲著臉，不時按著腦袋。他們感受到的痛苦並沒有人類那般強烈。出於某種原因，兩者對毀滅詩篇的抗性似乎有差異。

「同胞們，現在正是開啟眼瞳之時！不可讓小鬼族被打敗。吾等要保護空中的幻獸！」

「噢噢！吾等不會讓汙穢之獸為所欲為!!」

小魔導師高喊並構築出魔法，身旁的拿布隨即響應，繼而是凱爾勒斯氏族的巨人。法擊騰空而起，阻擋汙穢之獸的行動。從地上來的支援算不上多，但對於身陷困境的銀鳳騎士團而言，卻是僅有的一線希望。

獸王一邊放出詩一邊移動。無數肢體伸展，朝痛苦的災禍之伊迦爾卡逼近。

「呵呵呵，怎麼樣？動不了吧。對，你只能降伏。看吧，這真正神秘的姿態！任何事物都無可超越的力量!!」

尺寸更甚於幻晶騎士的肢體前端有鋒利的爪子。要是挨上一記攻擊，『暴風外衣』恐怕根本派不上用場。在絕對壓倒性的力量面前，所有生物都只有被破壞的命運。

「無論是人、巨人，還是魔獸！所有東西都會跪在我們腳下。我們是王……是統治一切的人。對了，我才不要小王(奧伯朗)這種被施予的角色。現在就公開真正的名字吧……」

巨獸瞄準災禍之伊迦爾卡，伸出無數肢體。

「我們正是一切『魔』之王者……也就是『魔王』!!」

獸王——不，『魔王』的肢體往災禍之伊迦爾卡揮下。就在災禍之伊迦爾卡即將被鋪天蓋地的攻擊劈得粉碎的前一刻，它像是被彈開似地移動了。推進器衝勁猛烈地推開了機體。

「太好了！動、動了嗎!?可是根本亂七八糟……」

災禍之伊迦爾卡的確躲開了攻擊，但這不表示它掙脫了束縛，感覺更像是勉強靠著推進器移動。姿勢控制變得相當粗糙，驚人的機動性也不見蹤影。駕駛座像遇到地震一樣晃個不停。

「干涉魔導演算機……取得控制權。魔法術式運算，爆炎，空氣操作……繼續進行輸出。」

在劇烈震盪的駕駛座上，艾爾半閉著雙眼，一副在冥想般持續運算。目前幾乎是靠他的能力運作故障的災禍之伊迦爾卡，但他光是操作推進器就已經竭盡全力了。

儘管是有驚無險，可是看到從『魔王』肢體下逃過一劫的災禍之伊迦爾卡，小王還是瞪大了眼睛。

「為什麼還能逃走!?難道這個世界上會有聽不見毀滅詩篇的存在!?」

他臉上已不見之前的從容，驚愕的情緒很快就被焦躁取代。

「不過你好像也只是在拚命逃跑嘛!那是所謂的執念嗎?我絕不會放過你!」

『魔王』蠕動著無數肢體，固執地加以攻擊，而鬼神只能憑一股氣勢，閃避揚起復而揮下的攻擊。

「唔，真頑強。可不能花太多時間……」

小王的擔憂不久後變成了現實。腳下傳來的搖晃明顯夾雜異常的音調。『魔王』的巨體發出令人畏懼的鳴動，向他傳來的『意志』充滿苦悶。

「哼……到極限了!不能再撐下去了。也罷，改變戰鬥方式!用蠻力壓垮那個小東西。」

殘留著後悔『意志』的『魔王』停止放出旋律，鳴動隨之平息，周圍逐漸恢復原本的平靜。

毀滅詩篇停止的同時，四周的生物也恢復了生氣。如釋重負的飛翔騎士們重新振作起來，地上的巨人們高聲吶喊。災禍之伊迦爾卡自然也不再受到拘束。

「呼，煩人的頭痛總算沒了。接下來輪到我們反擊！」

「那種使人發狂的旋律好像不能長時間使用。說不定本來就不是那個魔獸的能力。」

虹彩色光芒再度形成清晰的圓形。災禍之伊迦爾卡穩定地靜止在空中，噴射好幾次推進器以檢查機體狀態。束縛機體行動的重壓已經不復存在。要發揮各種機能和性能也完全沒有障礙。

「最好趁現在。在那個『魔王』重新放出旋律以前解決牠！」

災禍之伊迦爾卡開放輸出功率，身後拖曳著長長的噴射火焰，朝『魔王』急速飛騰而去。

「撐過了毀滅詩篇嗎？但可別小看我們。我們的『魔王』可不只詩這一項能力……！」

『魔王』正面迎戰筆直衝過來的鬼神。無數蠢動的肢體前端亮起淡淡的光芒。那是魔法現象獨特的發光現象，熊熊火焰隨後湧現而出。

「哇！這也太多了吧!?」

『魔王』的下半身有如被火焰包覆，無數火焰一齊朝向災禍之伊迦爾卡擊發。已經無法區分每一顆法彈的攻勢，化作焰之高牆洶洶來襲。

「亞蒂！請妳用『暴風外衣』迎擊！」

「包在我身上！」

艾爾在一瞬間提高專注力，定睛直視迫近的火焰高牆。災禍之伊迦爾卡利用裝設在全身的推進器進行短促噴射，使機體巧妙地滑入攻擊的細小空隙之間，再用速射式魔導兵裝排除宛如濁流般洶湧撲來的火焰彈。打散了火焰彈之後，迸散的爆炎接著被『暴風外衣』拂去。

沒必要針對所有的法彈回擊。因為沒有多少法彈能夠命中幻晶騎士那種大小的目標。災禍之伊迦爾卡鑿穿了火焰高牆，突破魔王的攻勢。緊接著，周圍的空氣開始扭曲。是空氣系的法擊，魔法現象產生的可怕壓力幾乎要壓垮整個空間。那般威力連『暴風外衣』也完全不是對手。壓倒性的力量正是『魔王』的真正價值。

「我、我們沒地方逃了!?」

「使用推進器！讓機體後退!!」

即使是鬼神，也承受不了連同周圍空間都被壓垮的壓力。艾爾情急之下令機體向後退，再藉由推進器的火焰和『暴風外衣』，順著流向化解形成衝擊波擠壓而來的空氣。可惜雖然避開了攻擊，也免不了付出大幅倒退的代價。

拉開距離、重整態勢後，災禍之伊迦爾卡再次與『魔王』正面相對。數不清的眼睛毫無感情地盯視著它，眾多肢體蠢蠢欲動，恨不得馬上消滅眼前的敵人。

「受不了！還以為礙事的聲音消失了，接著卻有如此猛烈的法擊！」

「不過有點奇怪。那個魔獸……『魔王』使用了好幾種法擊。據我所知，沒有哪種魔獸可以操縱複數魔法。」

艾爾盯著巨獸，思考片刻。魔獸原本指的就是『操縱魔法現象的野獸』，但是魔獸可以操縱的魔法種類並不多。除了支撐巨體的強化魔法以外，大部分的魔獸都只會使用一種擅長的魔法。無論再怎麼強大，牠們終歸是野獸。想要運用各種不同的魔法，前提是得擁有『智慧』。

「那也許不是小王（奧伯朗）的能力，不然就是有其他原因……無論如何，如果他完全掌握了『魔王』的話……」

假設由人類的智慧操縱源自魔獸的強大魔法能力——

「這可能會有點麻煩。」

艾爾瞪著覆蓋天空的龐然大物，這麼喃喃低語。

◆

超巨大魔獸——『魔王』的甲殼發出擠壓的聲響開始移動。大地逐漸被覆蓋在巨大的陰影中。看起來移動得很緩慢，不過那是大小相當於一整個城市的巨體所造成的錯覺。

巨獸的焦點集中在某一處，站在彩虹色圓環上的鬼神——災禍之伊迦爾卡上。

「艾爾涅斯帝……何止汙穢之獸，連這個『魔王』的攻擊都不當一回事。這下我能肯定，打敗你們就等於是我們的勝利，所以我不會再保留實力，就讓『魔王』傾盡全力打敗你！」

「請容我鄭重拒絕。」

沒等他說完，震動大氣的法擊就飛了過來。『魔王』能夠從無數肢體中發射法彈。災禍之伊迦爾卡穩穩站立。彩虹色圓環形成的浮揚力場在空中支撐著鬼神的軀體。

推進器爆發性地發出咆哮，像是把災禍之伊迦爾卡踹到空中般異常急遽地加速，鬼神闖進法彈的暴風雨中。熾熱的火焰彈與裝甲擦身而過。火焰彈產生的熱量擾亂了空氣，使周圍的景色微微扭曲晃動。

「會發動攻擊的可不是只有你喔。」

鬼神闖過炎火晃動的高牆後舉起劍，分裂的銃裝劍內部的術式顯露出來，立刻向對手回敬轟炎騎槍，火焰長槍朝『魔王』筆直飛去，可惜發出鮮明強烈光輝後，就被一波有如暴風雨般的法彈攔截。

「可別把我們和汙穢之獸視為同等之物，肢體的數量差多了！」

小王的哄笑聲迴盪在四周。艾爾和亞蒂不甘心地呻吟，雙眼緊盯映在幻象投影機上的畫面。視野全被『魔王』的巨體遮住。要是繼續凝視下去，感覺對大小遠近的判斷都會變得紊亂。

「那到底有陸皇龜的幾倍大啊？我們的攻擊起得了作用嗎……真麻煩。」

「遠距離大概行不通吧。連銃裝劍都沒什麼效果的話，肯定非常堅固，但也不是沒有方法。『魔王』不是機械，而是生物，所以某個地方應該會有要害。」

物。

陸皇龜那時候也是一樣。即使師團級魔獸擁有引以為傲的堅硬甲殼，其構造也終究屬於生物。

「話是這麼說，可是就算真的有要害，也得先靠近才能夠攻擊。」

「被那麼大規模的法擊鎖定，我看很難吧～」

兩人一時陷入不知該如何出手攻擊的窘境。靠近會有危險，若離得太遠，又沒有強而有力的攻擊手段。『魔王』一邊持續前進，一邊緊盯著災禍之伊迦爾卡。如果不能從牠頭部多不勝數的眼睛下逃離監視，就無法出其不意地突襲。

「但也不能就這樣陪牠玩下去……嘿！」

災禍之伊迦爾卡沿著複雜的軌道，閃避洶湧飛來的法彈彈幕，並發射轟炎騎槍反擊。在天空翱翔的火焰長槍，最後還是被側面飛來的法彈打散。『魔王』伸出的無數肢體不斷擺動，前端亮起魔法現象的光芒射擊，另一波激烈的法彈，再次逼得災禍之伊迦爾卡不得不迴避。

從剛才開始就不斷重複這樣的過程。亞蒂一邊調整機體的輸出一邊喊：

「欸，艾爾！乾脆跟牠打持久戰怎麼樣!?」

「我並不推薦。畢竟是那種規模的巨體，最好假設牠的魔力沒有極限。等小王心血來潮停止攻擊還比較有可能。」

「不行啊～」

兩人在交談的同時操作機體，讓它像在彩虹色的光芒上跳躍般躲開法擊。對小王來說，想要鎖定全力四處躲避的災禍之伊迦爾卡也不是那麼簡單。雖然『魔王』發揮力量優勢，大肆施加法彈彈幕攻擊，卻也沒辦法造成有效打擊。

小王透過『魔王』的眼睛捕捉外面的景象，不禁撇下嘴角。

「我絕對沒有輕敵……但我還以為只要打下那架幻晶騎士就結束了。你真是出乎意料地頑強呢。」

視野中是幻晶騎士像飛蟲一樣飛來飛去的景象。那個存在簡直礙眼到了極點。

「真的、真的非常礙眼，艾爾涅斯帝。現在放過你的話，你之後還會來妨礙我吧。一定要在這裡擊潰你。」

這時，小王（奧伯朗）感覺到了周圍的『意志』，於是側耳傾聽『魔王』的低語。

「……這樣啊。打倒他必須費一番工夫，不過他也打不倒我們。那麼，沒必要把目標全放在他身上。」

小王點點頭，視線隨之轉移。除了鬼神以外，戰場上還有大批登場人物。沒有理由拘泥於某個東西。

「那我們走吧。他會怎麼行動呢？真讓人期待！」

小王的嘴角浮現淺笑，揮手下達命令，低沉的聲音充滿整個空間。在災禍之伊迦爾卡面前，『魔王』的巨大身軀開始慢慢移動，而法擊也仍在持續。艾爾他們在迴避的同時思考：

「奇怪了，不是朝這邊來……這樣啊，來這一招。」

推測『魔王』的前進路線後，艾爾不由得皺起眉頭。雲霧蔓延的前方正是汙穢之獸和飛空船隊的戰場。

「出雲如果被『魔王』襲擊，不是很糟糕嗎？」

「『魔王』可以說是超級巨大戰艦。出雲的火力和防禦力都相差太大了。實在高明，小王正好瞄準了我的痛腳。」

「現在不是稱讚他的時候啦！」

艾爾點了點頭，馬上改變災禍之伊迦爾卡的前進方向。

「發射信號法彈。我們也過去！」

光芒攀升到空中。災禍之伊迦爾卡旋即提升推進器的輸出動力，朝向船隊所在的方向筆直飛去。

◆

日正當中，光芒有如星星般閃耀。雖然在陽光正明亮的時間難以目視，但出雲的監視人員還是眼尖地發現了。他立刻打開傳聲管喊道：

「伊迦爾卡發出信號彈！那是……後、後退指示!?」

「喂——少年，現在打得正順手，在說什麼啊!!」

突然接到撤退指示，出雲的艦橋上一下子變得嘈雜。老大盤起胳膊沉吟。

由於『魔王』放出的毀滅詩篇停止，飛翔騎士們完全恢復了原本的機動性。現在正和汙穢之獸展開一進一退的攻防戰。第三中隊與第二中隊到齊，加上地上的巨人們也加入奮戰，使得形勢慢慢傾向銀鳳騎士團。可說是最佳時機——

「呃，老大……我猜那個大概就是原因吧。」

掌舵的巴特森用顫抖的手指指著窗外，艦橋上所有人的目光順著看過去。

然後，他們看見了。恍如高山的威容正從酸雲飄盪的另一邊逐漸逼近。雖然因為過於龐大的身軀而難以理解其動向，但『魔王』確實正在朝他們靠近。

那超級巨大的魔獸，連在飛空船中堪稱體積超群的出雲都遠遠無法相較。一旦開打會是什麼結果，更是不言自明。

「迴轉。」

「是。」

老大全身哆嗦著用僵硬的動作發出指示，船員們慌亂地各自回到崗位上。巴特森從剛才開始就卯足了勁猛轉動操舵輪。

「慘了！快閃人!!」

出雲發射信號彈，向四周友軍傳達撤退的指示。接到指示的船隊急忙改變動向。當飛空船隊後退，飛翔騎士們也不得不跟隨其後，因為保護船也是他們的重要任務之一。

汙穢之獸沒有放過這個機會。幻繰獸騎發出嘶鳴聲，對汙穢之獸群下達了命令。只見魔獸群接二連三地從酸雲裡飛了出來，在船隊後方緊咬不放。

「這麼忙的時候別來礙事!!」

正在撤退的出雲無法充分發揮火力。法擊戰特化型機的配置讓他們的射角受到限制。

「這邊交給我們，船快點逃！」

海薇與第三中隊分散在船身周圍，迎擊從死角逼近的汙穢之獸，雙方即刻展開激戰。

「以法擊為中心！絕不能讓牠們靠近！」

「該死的野獸！照這樣下去……」

法彈和體液彈縱橫交錯，爆炎和酸雲混合在一起，描繪出各種斑爛的色彩。受到法擊和魔導飛槍攻擊的汙穢之獸紛紛墜落，被吸入酸雲的飛翔騎士則在出現痙攣似的動作後，被分解成碎片。

汙穢之獸鑽過一片堪稱破壞漩渦的戰場，帶頭的是幻繰獸騎。那是由人直接指揮的部隊。他們以酸雲為偽裝，繞過飛翔騎士們守護的地方，直逼要害。獸群把目標鎖定在持續後退的飛空船上。相對的，飛空船並沒有足以迎戰的火力。

在船隊尾端殿後的飛空船射出發光信號。

出雲的監視人員一收到訊息，就對傳聲管喊道：

「那是……第二中隊母船的發光信號！……要迴轉!?說要迎擊追兵!!」

「啥!?他們怎麼自己亂搞！可惡，就不能想想辦法嗎!?好比那些巨人啊……!!」

「他們也在移動！只是現在已經太遲了……」

在互相爭論的老大等人眼前，跟在船隊最後方的飛空船改變了航向。改變方向之後，船上的法擊戰特化型機就能進行有效射擊，並且提升攔截能力。不過只有一艘船的話，火力還稍嫌不足。看來他們是打算挺身做盾牌。在出雲艦橋上的老大懊悔地咬著嘴唇。

飛翔騎士一架又一架掠過窗外。看見描繪著代表第二中隊的紅色十字，老大忍不住大叫：

「……迪！那個混帳傢伙!!」

背負紅色十字的飛翔騎士們與船隊逆向而行，朝後方飛去，攔住了眼看就要撞上船隊後背的汙穢之獸群。

「別管防禦了！不要讓牠們通過這裡，就當作要把牠們撞爛，往前衝！」

「我知道！魔獸想在我們眼前撒野還早了好幾百年啦！」

飛翔騎士以僅有的一艘船為核心擺出陣形。如同隊長所說，那不是防禦用陣形，而是箭鏃狀的攻擊陣形。

中央的飛空船開始了法擊，火焰長槍劃出燒灼的軌道，阻止了魔獸群的去路，但還不至於將牠們擊落。獸群先是散開，然後再一次集結朝著船襲去。

飛翔騎士隊伍形成的箭鏃瞄準了攻擊的空隙，緊咬獸群不放。魔導飛槍橫空飛去，與炸開的酸雲互相穿插。遭到長槍刺穿的汙穢之獸當場死亡，但是牠們的屍骸迸散出體液，在空中製造出更多死亡雲霧。

「啊啊！這群魔獸果然有夠麻煩！」

飛翔騎士們不得不改變行進路線。此時，從酸雲正中央突然冒出一隻魔獸，彷彿嘲笑他們似地甩開騎士們的防衛，筆直衝向母船。牠輕而易舉地躲開母船用以阻攔的法擊，眼看就要放出體液彈——

就在這一剎那間，光芒乍然閃現。

慢了一拍後，雷聲響起，受到直擊的汙穢之獸被轟成碎片。船員們愕然地看著魔獸死亡，以及從蔓延的酸雲正中央出現的大洞。那個存在顛覆常識，從中央突破死亡領域。看到外貌凶惡的存在，他們忍不住驚叫出聲：

「伊、伊迦爾卡!?」

他們不可能認錯那個身影。全身纏繞著雷電的銀鳳騎士團旗機吹散了雲霧，昂然立於空中。一確定飛空船平安無事，災禍之伊迦爾卡便轉身一一擊墜留在附近的汙穢之獸。瀰漫的酸雲在碰到災禍之伊迦爾卡之前就被吹開。不曉得它運用了什麼樣的裝置，完全沒把難以應付的酸雲當作一回事。

「唉，真是太驚人了，艾爾涅斯帝……不對，現在駕駛的是亞黛爾楚？嗯？可是卡薩薩奇也在……」

才因為保住船隻而鬆了口氣，迪特里希的臉上又露出困惑的表情。

原本就足夠嚇人的鬼面六臂鎧甲武士，現在再加上背後的卡薩薩奇，更是展現出一副怪異到極點的姿態，相較之下，連汙穢之獸都感覺更易於親近。

這些暫且不提。站在彩虹色圓環上的災禍之伊迦爾卡，以異常平滑的動作飛到飛翔騎士旁邊。

「太亂來了，迪學長。接下來交給我，請你們快點和船隊會合。」

「有你在我就放心了。那我們就恭敬不如從命，回到船隊護衛吧。」

第二中隊的飛翔騎士隨後與飛空船會合，追上主力部隊。目送他們離開後，災禍之伊迦爾卡也再度行動。噴吐火焰的推進器催動鬼神加速。卡薩薩奇轉頭四處張望，讓艾爾觀察戰場局勢。

「艾爾！那邊！飛翔騎士們……！」

儘管飛空船隊正在慢慢拉開距離，英勇奮戰的飛翔騎士們卻深陷與魔獸的混戰中，雙方展開慘烈的廝殺。不過，一旦『魔王』使用毀滅詩篇，就能夠輕易扭轉現在的局面。看見從戰場背後迫近而來的巨體，艾爾不禁嘴角一抿。

「現在才是關鍵時刻。」

「嗯，可是不要緊。伊迦爾卡和卡薩薩奇的狀態都很不錯！不管做什麼都沒有問題，我也會幫忙！」

「還真可靠呢，亞蒂。那麼……就去給小王(奧伯朗)一個驚喜吧。」

艾爾臉上浮現凶狠的笑容，讓災禍之伊迦爾卡提升了輸出動力。推進器咆哮著吐出火焰，像是要把機體狠狠甩出去一樣加速。它一路毫不減速，直接衝進混戰之中。

一道雷光劈落在汙穢之獸群聚的敵陣正中央。每當雷鳴響起，就有魔獸被擊碎，屍體往地面墜落。災禍之伊迦爾卡用狂風吹散擴展的酸雲，在前進的同時蹂躪敵人。它潛入魔獸群的領域，進逼至負責指揮的幻繰獸騎面前，幻繰獸騎急忙引發酸雲漩渦迎戰，轟炎騎槍卻搶先一步貫穿牠的身軀。

災禍之伊迦爾卡看也不看被炸得粉身碎骨的紅色魔獸，立即趕往飛翔騎士們身邊。

「等等，那是伊迦爾卡？好像變得超級誇張就是了……」

「應該說，它是怎麼擋住那些雲的啊？團長還是老樣子，弄了很多秘密裝置。」

飛翔騎士聚集到災禍之伊迦爾卡面前。親眼目睹它從正面摧毀汙穢之獸的英姿，讓他們全都興奮不已。

「我先把這一帶的魔獸都破壞了。請各位趁現在做好反擊準備。想要打倒『魔王』，還需要集中大家的火力……」

話才說到一半，他們便在天空中感受到了不自然的低鳴，於是轉過頭，被眼前的景象震懾得說不出話。

驚人的龐然大物吹散飄浮的雲，直迫他們眼前。天空彷彿被一道高牆阻擋，完全遮住了視野。幻晶騎士的軀體在它面前根本渺小得不值一提。

「竟敢把魔獸們……好大的膽子！」

小王（奧伯朗）怒不可遏地大吼。與此同時，『魔王』伸出肢體，顯現魔法現象之光。下一秒，排山倒海而來的法擊風暴就朝飛翔騎士們襲來。

「喂！魔獸有這麼強大的法擊能力不算犯規嗎!?」

「雖然比酸雲好一點啦！可是規模太可怕了！」

超級巨大魔獸『魔王』的能力所向披靡。聯合所有飛空船隊的火力都敵不過的法擊，帶給飛翔騎士們與先前不同的焦慮。

「……『魔王』好好地休息了啊。」

在『魔王』的體內，小王注視著四處逃竄的飛翔騎士。並且從周圍得到了『意志』的回應。對於令人滿意的內容，他臉上露出凶暴的笑意。

「在空中飛行的騎士們，只要能得到船，就不需要你們了。好好品味我們的詩吧！」

『魔王』遵照小王的命令發揮力量。法擊漸漸安靜下來，巨體轉而開始鳴動。帶著怪異音色的瘋狂旋律朝向四面八方擴散。『毀滅詩篇』再度扭曲了周圍的世界。

「咕唔唔，可惡！讓我瞧瞧你的毅力!!」

「又、無法操縱……不聽使喚！」

「推進器、變慢了。這樣、會躲不掉……！」

無論是飛翔騎士還是騎操士，毀滅詩篇一律平等地予以侵蝕。影響遍及周遭所有事物，唯一的例外是其率領的汙穢之獸。亞蒂瞪著那些與痛苦掙扎的騎士們形成對比、恢復活力的魔獸，皺起眉頭說：

「嗯唔唔唔，這種旋律真礙事！再這樣下去，大家會……！」

災禍之伊迦爾卡的反應也變得緩慢。正當亞蒂拚命抵抗詩的影響時，突然聽見艾爾極為平靜的嗓音。

「真的讓人很頭痛。但是，為什麼聽到詩，『頭』就會痛？這份疼痛來自頭的哪部分？」

「什麼哪裡？頭還有分哪裡嗎!?」

聽見艾爾與眼前急迫的困境格格不入的悠閒感想，連亞蒂也不由得睜大眼睛。他的問題跟折磨他們的頭痛到底有什麼關係？然而，艾爾的態度相當認真。

「和頭痛不太一樣，演算變得非常混亂。照理說，就算感受到疼痛導致反應變慢，也不至於發生這種事情。連魔導演算機也變得遲鈍，實在教人難以置信。」

災禍之伊迦爾卡靜靜佇立。在周圍飛翔騎士凌亂分散的動作中，只有它一副完全不為所動的樣子。

看到飛翔騎士運作不順暢的模樣，小王(奧伯朗)的嘴角揚起笑意。

「呵呵，西方之民，很痛苦吧？馬上就讓你們解脫。魔獸群退下，最後讓我們的『魔王』親自送他們上路。」

如果沒有那些飛翔騎士，船的防禦就會一口氣削弱。在只和飛空船交手的情況下，『魔王』更不可能屈居下風。等到順利壓制船以後，讓走投無路的西方之民投降也只是時間早晚的問題。

「那樣他們也會認清現實吧。到時候就可以休息了，再稍微努力一下。」

『魔王』的身軀回以微弱的低吟。

汙穢之獸穿過酸雲，不斷往『魔王』身邊聚集，然後直接依附在『魔王』的表面上開始休息。雖然在牠們這場戰鬥中損失了不少數量，但仍然保留著足夠的戰力，足以抵達西方之地。

當小王短暫地放鬆了警惕時，『魔王』像是感到慌張似地震動起來。接收到的『意志』讓他瞪大眼睛。

「……喔喔，好像被發現了。」

有個明顯很突兀的存在混進了『魔王』身邊聚集的汙穢之獸群中。它身纏虹彩色光芒，噴吐火焰前進——是災禍之伊迦爾卡。艾爾和亞蒂兩人藉撤退的魔獸群偽裝，冒險進逼到『魔王』眼底下。

「要是暴露了，會被攻擊嗎？」

「會吧。不過，那樣同時可以削弱對方的戰力。」

果不其然，一發現他們的存在，『魔王』就開始放出法擊。『魔王』的特徵是藉由投射無窮盡的火力進行壓制，不擅長識別細微差異，因此攻擊自然連帶炸飛了汙穢之獸。當體液飛濺，酸雲也隨之擴大。

「算我服了你，艾爾涅斯帝。實在讓人大意不得……！」

火焰與雲霧塗滿天空。小王（奧伯朗）呼出一口氣，試著驅散焦急的心情。要是再晚一點發現，就會讓他們得逞了。就算『魔王』擁有堅不可摧的耐久性，也要盡可能避免被攻擊。

然而，他安心的情緒馬上遭到背叛。

——雲霧翻騰起伏。在酸雲的中心出現了風暴，『暴風外衣』吹散汙穢，災禍之伊迦爾卡幾乎沒有改變前進路線，朝『魔王』直衝而來。諷刺的是，汙穢之獸產生的酸雲竟成了遮蔽小王視線的偽裝。他痛恨地扭曲著臉。

「好，接近了……！」

「該死的——!!」

現在不是選擇手段的時候。小王大叫：

「全力吟唱『毀滅詩篇』！不必顧慮以後的事，必須在這裡做個了斷!!」

『魔王』立刻做出回應。流動的詩一下子增強壓力。超巨大魔獸竭盡全力放出的詩，使周圍的大氣發出擠壓的聲響。不祥的旋律幾乎要讓世界本身產生質變。

「啊、啊啊啊!?這是……!」

在災禍之伊迦爾卡的駕駛座上，亞蒂難受地抱頭呻吟。雖然勉強忍耐到現在，不過還是到了極限。『魔王』發揮所有力量，詩的力量也進一步增強，也因為在極近距離以內而產生驚人的威力。

她只剩下握著操縱桿的力氣了。亞蒂的意識漸漸模糊遠去，但不知道為什麼，那個聲音還是清楚地傳到耳中。

「亞蒂，妳要撐住。使用『身體強化』。不必保留魔力，開放到極限。」

「艾……艾爾，可是、我的頭、好痛。根本……」

「所以才要盡全力運算魔法。這是對『魔術演算領域』的攻擊。」

艾爾的聲音一下子滲透進來。不管遇到什麼樣的困境，她都不會漏聽他的話。

她闔上眼，傾全力進行魔法運算，如同過去學過的那樣，如同他們一起努力鑽研的那樣，構築魔法術式——

「嗯嗯嗯!喝啊——!!啊，真的，變得好輕鬆!」

愈加強運算能力，頭痛就像潮水退去般逐漸平息，而魔法效果也連帶讓全身充滿力量。亞蒂興奮地整個人幾乎要從駕駛座上跳起來。

「對。光是普通音樂造成的影響未免太不自然。『毀滅詩篇』開始後，運算中就出現了很嚴重的雜音，所以我才明白。雖然不知道他是怎麼做的，但這應該是從外部對魔術演算領域和魔導演算機強制輸入術式吧。那麼，對抗手段只有一個。」

這種事聽起來荒誕無稽，艾爾卻懷著某種確信。如果他的靈魂不是來自異世界，恐怕就不會注意到吧。正因為他可以強力控制魔術演算領域，才能從中發現微小的問題。

然而，對生物本身影響最大的，到頭來還是自身的行為。如果運用自己的領域進行運算的話，沒道理贏不過外來的雜音。

「對魔導演算機也一樣。亞蒂，請幫幫我，我要利用直接控制來排除詩的影響。由我們兩個駕馭災禍之伊迦爾卡。」

「呵呵，我跟你的魔法合而為一，一起駕駛災禍之伊迦爾卡……交給我吧，我會卯足全力拚了!!」

不知為何，亞蒂高興到有點不自然的程度，不過這暫且置之不理。

艾爾涅斯帝開始了他最大的異能——強力魔法運算。他三兩下就驅逐了有如竊竊私語的雜音，術式隨後流進機體之中，接著與亞蒂的控制合流，兩個人的意志支配了機體的各個部分。

——鬼面八臂的災禍之神覺醒了。

眼球水晶放出光芒，龐大的魔力流經全身各處；彩虹色圓環中沒有陰影，噴吐的火焰中沒有膽怯；背面的輔助腕發射執月之手，機體周圍放出了紫電防幕；舉起手中所握的異形劍——銃裝劍，與巨大無比的『魔王』互相對峙。

「來吧，『魔王』。如果你是魔獸的統治者……我就成為所有機械的守護者吧。與魔獸勢不兩立，由我和鬼神在這裡擊潰你。覺悟吧！」

西方之民與小鬼族，這兩個在過去被迫分開的種族，將由鬼神與魔王的戰鬥決定各自的道路。

◆

在『魔王』釋放出的恐怖旋律支配的空間裡，鬼神滿不在乎地恢復原本的機動動作。從它的行動中看不見任何制約，明顯不受『毀滅詩篇』的影響。小王（奧伯朗）壓下差點脫口而出的悲鳴，大叫道：

「……！遭受『毀滅詩篇』、『魔王』的力量侵襲也沒有任何效果嗎!?嗚，既然這樣……」

原本只是放出毀滅詩篇的『魔王』改變了動作。無數肢體起伏擺動，將其前端對準災禍之伊迦爾卡，放出豪雨般的猛烈法擊。

但是，那樣的反擊可說為時已晚。『魔王』已經進入災禍之伊迦爾卡的攻擊範圍內，轟炎騎槍一次便炸毀好幾條肢體，『魔王』卻沒有加以攔截的餘裕。想要鎖定災禍之伊迦爾卡——拖曳著長且大的尾炎，且能夠高速飛翔——極為困難。眼下狀況很難發揮以壓倒性火力為武器壓制敵人的優勢。

「首先必須盡量減少這些觸手。」

災禍之伊迦爾卡下手毫不留情，在高速移動的同時不斷猛烈擊發轟炎騎槍。感覺到經由『魔王』的巨體傳來的爆炸震動，小王忍不住攥緊拳頭直到發白。

「太強了，你很強。竟然能把這個『魔王』折磨到如此地步。看來現在可顧不得保留實力了。」

震動還在持續。災禍之伊迦爾卡每送出一次攻擊，都會細微但穩定地削弱『魔王』的能力。甚至讓小王產生『再這樣下去，遲早會被打敗』的畏懼，於是他做出某個決定，朝周圍呼喚：

「聽得到嗎？『騎操士』，看來輪到諸卿出場了。要想辦法把那個東西打下來……不對，非得把那個東西打下來不可。為了保護『魔王』，保護我等的宏願!!」

『魔王』的身軀開始顫抖。它接下來的變化顯而易見，連災禍之伊迦爾卡都能清楚察覺。

「艾爾，你看那個！有什麼打開了！」

在亞蒂所指的前方，『魔王』做出了大動作。原本由巨大且堅固的甲殼包覆的軀體各處出現了空隙。他們還來不及為『魔王』失去堅硬的防禦感到高興，從空隙中隱約可見的洞口深處，似乎有什麼東西正在抖動。

「牠好像打算發射什麼東西。亞蒂，我們先迴避……」

艾爾話說完之前，就有某種東西從洞裡猛地飛出，直線朝著災禍之伊迦爾卡伸去。

「不是法彈，那是!?」

銃裝劍在千鈞一髮之際擋住了那記『揮下來』的劍。刀刃滑開，鋼鐵發出尖銳的悲鳴。一看到從『魔王』身上長長伸出之物的真面目，兩人都流露出驚愕的神色。

「從魔獸體內跑出幻獸騎士!?不對，有點不對勁。」

與災禍之伊迦爾卡舉劍交鋒的確實是『幻獸騎士』，唯一一個決定性的差異，在於其彷彿黏在『魔王』身上伸出的觸腕前端這點。幻獸騎士只有上半身維持人型，腰部以下則直接和魔王的觸腕連接在一起。環顧四周，只見出現的不只這一個，有更多幻獸騎士——或者說更多觸腕從魔王體內飛出，瞄準災禍之伊迦爾卡直撲而來。

「來了好多喔!?感覺好噁心——!」

「如果想以量取勝，我也有制衡方法！」

災禍之伊迦爾卡背後的手臂躁動起來，執月之手舞動飛翔，開始在周圍編織成雷擊網——緊接著，大量法彈撞向雷之鞭。火焰舞動、雷電四散。遭受衝擊的災禍之伊迦爾卡機體劇烈搖晃。

「哇哇哇，雷霆防幕要垮了！」

「不行，我們後退！得先重整態勢。」

在躲避法擊風暴時，幻獸騎士便瞄準其破綻趁機襲擊。災禍之伊迦爾卡擋下攻擊，硬是驅動了推進器脫離原處。

「『魔王』……還以為毀滅詩篇就是最大的武器，看來是我判斷錯誤。搭載大量魔獸和幻獸騎士的牠，反而更像飛行要塞……」

「現在不是佩服的時候啦——！」

肢體放出法擊，觸腕上長出的幻獸騎士們則貼上來挑起格鬥戰。災禍之伊迦爾卡必須充分運用各種機能躲避攻擊。僅僅一機就化解一切攻擊的手法令人驚嘆，但這樣下去，早晚會瀕臨極限。

「沒完沒了。我要試著改變形勢，稍微強硬一點出擊吧。亞蒂，現在開始無視法擊。可以拜託妳嗎？」

「唉～你愈來愈愛亂來了！真受不了，好吧！」

艾爾對亞蒂的嘆息回以一抹笑容，朝災禍之伊迦爾卡布下指令。魔導噴射推進器吐出一股格外強烈的火焰，推動機體急速旋轉，筆直朝著『魔王』衝去。

「你自暴自棄了嗎？艾爾涅斯帝！那麼我們就盡快送你上路吧！」

『魔王』的肢體一齊發動了法擊。災禍之伊迦爾卡無處可逃，簡直像主動闖入來勢洶洶的法彈暴雨中。

「嘿──呀──!!」

執月之手隨即展開，釋放出的雷擊打散了火焰彈，席捲的暴風強行驅散燦爛盛開的爆炸。

災禍之伊迦爾卡突破了濃密的火焰彈幕，身後拖曳著熱氣的尾羽繼續前進。

緊接著，出動攔截的幻獸騎士以可怕的相對速度逼近。然而，災禍之伊迦爾卡非但沒有放慢速度，甚至進一步加速。雙方的距離在瞬間歸零。

推進器咆哮轟鳴，災禍之伊迦爾卡開始旋轉。它配合幻獸騎士揮刀攻入的時機，用銃裝劍劈下力道十足的一擊。內建魔導兵裝的銃裝劍以強化魔法提高了強度，再加上災禍之伊迦爾卡的龐大輸出動力，使這一劍發揮出驚人的威力，把幻獸騎士連人帶劍砍成兩段。被砍斷的幻獸騎士半身往地面掉落，原處只餘掙扎扭動的觸腕。

災禍之伊迦爾卡靠蠻力突破所有迎擊，總算迫至『魔王』近處。

「艾爾！從這裡開始要怎麼辦!?」

「打開缺口。」

「呃──你的意思該不會是……」

災禍之伊迦爾卡伸出銃裝劍。刀身應聲裂開，露出裡面的魔導兵裝。火焰迴旋著生成一支綻放耀眼光芒的長槍，隨後擊發的轟炎騎槍不偏不倚地命中觸腕的根部，噴湧出一股猛烈的火焰，被炸開的觸腕逐漸遭到撕裂。

等到爆炎消散後，原處只留下一個黝黑空虛的洞口。

「果然要走那裡!?」

「當然。這樣龐大的巨體很難從外側破壞。現在這樣不是正好嗎？」

災禍之伊迦爾卡擊發更多轟炎騎槍，硬是把洞擴大。熾熱猛烈的火焰竄起後，災禍之伊迦爾卡便直接闖入大小足夠讓幻晶騎士通過的洞口。

穿過厚甲殼後，再用銃裝劍強行貫穿阻擋眼前的肉壁，他們沒花多少時間就穿透了所有阻礙。災禍之伊迦爾卡成功入侵『魔王』體內——

「這、這裡是、怎麼……」

在他們提高警覺，深入敵陣之後，艾爾和亞蒂目瞪口呆地環顧四周。超巨大魔獸『魔王』體內呈現出的光景，與他們的想像相差甚遠。

纖維質的柱子縱橫交錯，描繪出相似的幾何學圖案，並蔓延了整個空間。到處都有難以想像屬於生物的加工痕跡，可以合理推斷其經由人力參與。

卡薩薩奇轉動頭部，讓艾爾探查附近的情況。

「雖然我的確猜想過，就算是魔獸，也不可能讓體積相當於一個城市的巨體飄在空中。內部應該有空隙……」

「艾爾？你只是因為那樣的推測就闖進來了!?」

先不管臉色變得極為僵硬的亞蒂。『魔王』的內部在這時響起令人不快的摩擦聲。

「唉，看來馬上就有人出來迎接了。」

幻獸騎士們陸續繞過纖維質柱子現身，下半身依然連接著觸腕。觸腕似乎是從『魔王』內部的更深處所伸展。或許災禍之伊迦爾卡突破的部分只是出入口。

「怎麼辦？全部打倒？」

「反正『魔王』的中樞就在前方。那就只能一路向前了。」

災禍之伊迦爾卡舉起銃裝劍。由於四周有柱子，所以執月之手仍收在輔助腕中。

幻獸騎士身輕如燕地在柱子間穿梭並迅速逼近敵人，朝牠們擊發轟炎騎槍，不管對象是幻獸騎士還是柱子，只要是擋在眼前的事物，皆毫不留情地予以粉碎。

打了一會兒後，等回過神時，他們才發現四周都安靜下來了。沒有任何物體仍在活動，唯獨災禍之伊迦爾卡慢慢前進。

「……差不多快到了。」

切開纖維質的柱子不斷往前，他們的視野豁然開朗。那裡是一個特別空曠的空間，周圍環繞纖維質柱子形成牆壁。空間的中心有一根粗壯的柱子貫通。他們可以確信，這裡就是『魔王』的中樞。

靠近一看，細節處變得更為清晰。柱子的中間部位略為膨脹，令人不舒服的脈動在空間中迴盪。仔細接近觀察的話，可以看出柱子並不只有纖維質的組織，構成中心部位的明顯是機械構造——是人工產物。

「這個『魔王』果然是小鬼族做的東西……？」

「可以確定不是自然產生的魔獸。不過，光靠人的力量真能做出這種規模的物體嗎？」

正因為艾爾身為銀鳳騎士團長，經手打造過各式各樣的幻晶騎士和飛空船，才會產生這樣的疑問。創造出『魔王』的究竟是怎樣先進的技術？幻獸騎士很容易理解，幻纅獸騎也還在理解範圍之內，唯有『魔王』遠遠超出了他的認知。

艾爾陷入沉思，災禍之伊迦爾卡也不斷接近那個柱子。

「不管怎樣，調查過那個以後也許就能搞清楚什麼。我猜大概是一種控制魔獸的『魔王』中樞機能裝置……好像又不只是裝置而已，裡面還有東西。」

艾爾瞇起眼睛。裝置中央有個像透明水晶球的部位，其中浮現著某種東西。不，那不是某種東西。那個形狀應該說是『什麼人』——

「居然讓你追到這裡來了。我該向你表示敬意，艾爾涅斯帝。」

艾爾的思緒被一道從頭上響起的聲音打斷。一隻幻纅獸騎散發著朦朧的彩虹色光芒降落。兩人很快就明白乘坐在上面的人是誰。

「是小王（奧伯朗）吧。」

幻纅獸騎慢慢降低高度，擋在災禍之伊迦爾卡和中樞部之間。

「你是來破壞這個的嗎？」

小王以輕描淡寫的口吻詢問，聲音裡沒有一絲動搖，也感覺不到之前騷然的模樣。在回答他的問題以前，艾爾悄聲拜託亞蒂做好戰鬥準備，以防萬一，然後盯著映在幻象投影機上的幻繰獸騎。

「我不能帶著『魔王』……不對，我不能帶著有控制魔獸能力的兵器回我的故鄉。」

「這是過去因森伐遠征軍的失敗而被捨棄的我們的希望，也是我父母的願望，所以我必須去，非得回去不可。」

艾爾瞪著幻繰獸騎的背後。

「那裡的裝置，裡面有人吧……難道……」

「對……那是我的父母。由於你們的愚蠢行徑而被留在這座森林裡。」

「森伐遠征軍的確是過去人類的愚蠢行動。可是……？」

說著，艾爾突然感到某種不協調的感覺。在小王的言語中存在不自然的部分。他試著回想是哪個部分，然後赫然發現——

「為什麼？遠征軍明明是好幾百年前發起的，你卻說得好像親身經歷過一樣……不對，親身經歷的是你父母？原來……是這樣！長壽且能夠操縱名為『詩』的魔法，我知道那樣的人！」

艾爾睜大眼睛，以一副難以置信的樣子看著飄浮在裝置中的人影。影子彷彿搖曳般飄盪。仔細一看，那個輪廓和人類有些微不同之處——種族並不相同。

「『亞爾芙』……!!他們是隱匿者。難道被遠征軍帶來了嗎!?」

「哦，徒人居然知道得這麼清楚。還是說經過了數百年的時光，西方的亞爾芙已經出現在

歷史的表側了？」

「他們現在也平靜地過著日子。因為我好歹是騎士團長，所以知道的知識多了一點。」

從幻操獸騎上傳來小王（奧伯朗）低低的笑聲。

「當時的徒人不是瘋了，就是太過沉醉於自己手中的力量。稱霸西方之地後，就自以為能夠征服世界上的每個角落，直到被強大的魔獸打得潰不成軍，才明白這是一場錯誤。」

這是歷史上確實發生過的事。敗退的人類一路撤退到歐比涅山地，最後只在山腳下留下一個國家——也就是後來的弗雷梅維拉王國。

「哎，徒人由於自身的愚蠢而滅絕也無所謂，但我的父母……有慈悲心腸。徒人之所以能在這個有魔獸、有巨人的森林裡僥倖活下來，都是因為他們的引導。這個事實至今也沒有改變。」

「我的確想過，遠征軍的倖存者為什麼會有這麼高水準的技術，沒想到是來自亞爾芙的技術。」

別說操縱魔獸，連在西方都沒有把魔獸本身改造成巨大兵器的技術。

假設是獨自生成的生命體，『魔王』的存在也太過特殊。但是，如果那些隱匿者們的後裔曾經存在於此，就絕非不可能。

之前一直表現得頗為得意的小王（奧伯朗），又在轉瞬間改變了氣息。

「然而，不管亞爾芙再長壽，也確實存在極限。父親、母親回歸偉大洪流的時刻到來了……很過分吧？被擅自帶到這種地方，連在臨終時刻也被排除在偉大洪流之外……！誰能容忍這種事情！」

幻纔獸騎開始鳴叫，叫聲向四周傳開，在『魔王』內部產生一陣騷動。感受到各種事物蠢動的氣息，艾爾再次向小王確認：

「帶著你的雙親返回故鄉，就是你移動『魔王』的原因？」

「如果我說是呢？」

艾爾目不轉睛地凝視幻象投影機，同時打了個信號。亞蒂馬上準備好武裝並繃緊神經，以備不管遇到什麼突發狀況都能馬上行動。

「你有你的目的，但有違我們的原則。不論有怎樣的目的，現在的『魔王』是控制魔獸……壓制人類的巨大兵器。這個事實不會改變。」

幻纔獸騎回以一陣刺耳的低鳴。纖維質的組織間隨即冒出大量幻獸騎士，將災禍之伊迦爾卡團團包圍，眼看就要發動攻擊。

災禍之伊迦爾卡重新握緊銃裝劍。執月之手在周身飛翔，早已做好迎戰的準備。

「徒人總是那麼任性妄為。」

「那麼，你也受徒人影響甚深呢。」

從幻纔獸騎上傳來壓抑不住的笑聲。

「哈哈哈哈哈！很好，就是那樣。說得好！艾爾涅斯帝!!」

以小王的呼喊為開端，各種各樣的事物在剎那間動了起來。

空間充滿了『意志』。從『魔王』的中樞釋放出極其強力的『毀滅詩篇』，彷彿連空氣的本質都被扭曲改變。同時，幻獸騎士們一齊撲向理應被封住了行動的災禍之伊迦爾卡——

然而，鬼神看似一點也不在乎『毀滅詩篇』。執月之手引發雷電，緊接著是一道又一道雷擊在空間中縱橫交錯。在遭雷之鞭擊中的幻獸騎士接連被破壞的過程中，災禍之伊迦爾卡舉起銃裝劍。

刀身分成兩半，擊發出轟炎騎槍，精準鎖定了『魔王』的中樞。當致命的火焰長槍朝『魔王』的心臟飛去——卻有隻幻繰獸騎擋在射程上。小王試圖挺身保護『魔王』——即他的雙親所在的中樞——

「什麼、怎麼回事!?」

幻繰獸騎突然違反駕駛的意志開始上升。轟炎騎槍毫無阻礙地飛翔，直接命中『魔王』的中樞部位。小王只能愣愣眺望著這一幕——該處激起猛烈的爆炸，纖維質柱子應聲破碎散亂。

「怎麼、可能？住手，給我住手！父親！母親!!聽、聽我的命令，你這……！」

小王掙扎叫喚，但他的願望只是徒勞，幻繰獸騎沒有停止，反而繼續上升，就那樣飛往組織內部。明白幻繰獸騎飛向通往外面的洞穴時，小王忍不住抱住腦袋，抓撓著頭髮。

「啊，啊啊……為什麼!?還沒、還沒達成啊！就差那麼一步了……！再一下子……!!父親，母親……」

幻纔獸騎無視小王的哀嘆，直接從『魔王』的體內飛了出去，然後頭也不回地朝著天邊橫越而去。

此時，在魔王的中心部。

遭受轟炎騎槍直擊而破碎、同時被火焰包圍的裝置仍在運作。『毀滅詩篇』進一步提高了出力，簡直化作了尖聲驚叫。

「……！這真的、太、煩人了！」

亞蒂咬緊牙關。雖然她竭力運算魔法以保護領域，來自『毀滅詩篇』的干涉卻還是一點一滴地滲透侵蝕。完全呈現出互相角力的狀態。雜音也對災禍之伊迦爾卡的動作造成不良影響，可是——

「過去你們曾經救了很多人，但現在不同了……魔獸只會招來死亡，所以請再次沉睡吧！」

艾爾涅斯帝・埃切貝里亞釋出的全力突破了毀滅詩篇的妨礙。災禍之伊迦爾卡動了起來，銃裝劍再次溢出火焰，朝向『魔王』的中樞釋放。

轟炎騎槍一刺入半毀的裝置，竄升的猛烈爆炎便將纖維質構造炸得粉碎。中樞的崩潰引發連鎖反應，使整根柱子也跟著崩解塌落。當破壞抵達根部的瞬間，兩人接收到不屬於『毀滅詩篇』的某種『意志』——

◆

「……！噢，噢噢？感覺腦袋突然變輕鬆了！」

「啊哈，船舵也可以順利控制了！」

此時，在飛翼母船出雲的艦橋上，老大和船員們正露出輕鬆的表情大喊大叫。折磨他們的『毀滅詩篇』負荷突然徹底消失無蹤。他們搖頭甩開陰影，急忙趕向各自的崗位，操縱飛翔騎士的騎操士們也是如此。

「唉！那種奇怪的攻擊總算停止了。飛翔騎士的狀態也不錯！」

海薇察看周圍的狀況後，臉上流露驚訝的神色。

「那、那是怎麼搞的？魔獸的行動和之前不一樣……好像變得亂七八糟的？」

不只她感到困惑，正在和汙穢之獸交戰的飛翔騎士們心裡也大惑不解。

配合人類的智慧而採取戰術，使得汙穢之獸一直是極難對付的敵人。不過，現在從牠們的動作中已經感覺不到統一的思考。

「那樣根本不足為懼。」

迪特里希也觀望著周圍的情況，然後點點頭。給予汙穢之獸力量的智慧已經完全消失。失去控制、從枷鎖中解放的汙穢之獸，現在只是遵從本能行動。淪為僅僅對在眼前活動的事物有所反應的低級魔獸。

「那就把牠們全打下去吧。」

「嗯嗯？喂，等一下，你們看那邊。」

在天空對面發現可疑存在的海薇大聲示警。與此同時，出雲的監視人員也對著傳聲管吼道：

「緊急！前方有船影！從正面接近中！」

「什麼？喔喔，那是……第一中隊！」

在飛空船隊的行進路線上，出現了另一艘在空中行進的船隻。那是第一中隊和藍鷹騎士團的別動隊。他們也在與汙穢之獸交戰的過程中來到主力部隊所在的方向。

「哇，他們好像帶了一大堆過來。」

「我們這邊也一樣啊。」

船隊周圍環繞著大群汙穢之獸。第一中隊強忍著毀滅詩篇帶來的痛苦，拚命抵禦攻擊，才好不容易撐到這裡。此外，那邊的汙穢之獸群似乎同樣失去了控制。

「那邊也一吐怨氣了吧。接下來輪到我們反擊……」

「那是沒問題啦，不過老大，繼續前進的話會跟對面撞個正著。」

「轉個方向避開就……等等。」

老大中斷了說到一半的指示緊盯窗外。不知何時追上來的飛翔騎士正不停傳送魔導光通信機的閃爍信號。理解了信號內容後，老大臉上浮現大膽的笑容。
「嘿，這點子有意思。好！喂，巴特森，維持現在的前進方向！」
「咦咦!?沒問題嗎？」
驚訝的巴特森依照指示操作船隻。兩船隊互相發射用以通訊聯絡的信號法彈，並繼續從正面接近。船艦持續前行，隨後擦身而過。巴特森望著從窗外掠過的飛空船，終於放心地鬆了一大口氣。
「呼。太好了。順利避開了！」
「很好！哈哈！剛剛好啊!!」
老大緊盯正面，咧嘴笑了出來。汙穢之獸從彼此的船艦後頭追了上來，在互相錯開的這一刻來到眼前。
「好，賞牠們一波狂轟猛炸！」
飛翔騎士一口氣追過飛空船衝向前。
「這是回敬你們至今的照顧。一鼓作氣把牠們擊潰！」
「那我們就來幫點小忙吧。」
繼海薇機之後，第三中隊迅速俐落地擺開陣形。彼此間密切合作，一舉撲向汙穢之獸群。第二中隊則跟在他們後方。
到方才為止的苦戰就像假的一樣，汙穢之獸群輕易地被一一擊破。既沒有合作戰術，也沒有經過計算的行動。到了這種程度，飛翔騎士們根本沒有理由輸給牠們。

「魔獸也真可悲。終究是借來的力量啊。」

艾德加苦笑著，用法擊對汙穢之獸窮追猛打，像是要宣洩之前苦戰的悶氣。

此時，飛空船也闖入了飛翔騎士擊潰汙穢之獸的戰場中。

「好，把剩下的傢伙都轟走！開火!!」

號令一下，法擊戰特化型機一齊發射法擊。濃密的法彈彈幕驅逐了殘存的汙穢之獸以及酸雲。他們沒有花多少時間就徹底消滅了圍繞在船隊旁的魔獸。

排除汙穢之獸以後，別動隊迴轉並與主力部隊會合。所有飛空船在此刻都到齊了。

「大夥兒幹得好。接下來就是那個大傢伙啦！」

見攻擊奏效，心情絕佳的老大坐在船長席上，又恢復了得意洋洋的神態。

「呃，老大，你說的那個大傢伙……來了。」

「啊？」

聽見巴特森顫聲提醒，老大一回過頭，整張臉馬上變得僵硬。因為連飛空船都無法與之相提並論的『魔王』巨體正不斷逼近。

「回、回頭！動作快！」

「已經在回頭了！」

『魔王』發出一陣長長的低吟，像無頭蒼蠅一樣埋頭猛衝。飛空船隊在慌亂中拚命改變前進路線。畢竟說到『魔王』的體積，那可是相當於一整座城市。一旦撞上，船艦肯定會落得如玻璃工藝品般碎裂四散的下場。

「唔喔喔喔，慘了慘了……」

船體吱呀作響的同時不斷加速，但不管再怎麼加速前進，感覺似乎都逃不過『魔王』巨體的追殺。這時，在周圍展開的飛翔騎士一齊聚集到飛空船身邊。

「所有機體發揮最大輸出力！不要有任何保留！絕對不能在這裡失去船……大家加把勁!!」

「就快分出勝負了。所有人用力推啊！」

「結果還是變成這樣啊！喝！全速噴射推進!!」

飛翔騎士們一起貼著船體，用最大動力開始推送。過度的負荷使船體更加激烈地咯吱作響。稍有不慎，也許會就此導致船體分解，但比起被撞個粉碎，這還算是划算的賭注。

「還能再快嗎!?還差一點……可惡！給我停下來啊，大傢伙!!」

「拜託……拜託了……！」

老大瞪著將窗外景象填滿的『魔王』巨體，忍不住開口咒罵。在所有人竭盡全力的當下，老大也只能祈禱了。

就在這時，『魔王』突然產生不明的搖晃。

緊接著，軀幹的正中央冷不防爆炸，甲殼從內側被轟了出來。『魔王』扭動身體，發出又低又長的鳴叫聲。以幾乎難以察覺的頻率放慢了速度。

飛空船隊以毫釐之差驚險地脫身。『魔王』的甲殼在眼前錯身而過。要是再慢一點，飛空船恐怕就會被毫不留情地削落吧。

「好、好險……！」

「好近！不過還是避開了，老大！讓我們來反擊吧!!」

「好，得好好感謝牠嚇得我少了條命!!」

貼在船上的飛翔騎士們離開船艦，重新組成戰鬥陣形。船與騎士一起向『魔王』發動法擊。在『魔王』的甲殼上炸開燦爛的爆炎火花。儘管船隊已動用了最大火力，看起來卻沒有對『魔王』造成什麼明顯的傷害。

「可惡，這不是沒效嗎？」

「總比不做要好吧～大隻的魔獸果然很硬。」

『魔王』的甲殼纏繞火焰，一味突進著。無論遭受多強大的法擊仍顯得若無其事，可是牠的身體突然再次劇烈震盪，從體表竄起凶猛的火焰。又是從內側發生的火焰。甲殼的一部分被炸飛，噴出的體液噴濺四周。

「那裡！甲殼脫離了！」

「快趁現在！集中法擊！」

飛空船隊將火力集中到剛炸穿的洞口。即使『魔王』的甲殼再堅硬，也無法保護已經受傷的地方。遭到內外兩側損傷的『魔王』毫無疑問地開始崩毀。

『魔王』發出痛苦的聲音蠕動肢體，卻沒有放出法擊。因為構成魔法術式的人已經不在了。

沒多久，空中便傳來奇妙的摩擦聲響。其來源正是『魔王』。

摩擦聲響隨著時間經過愈來愈響。突然，甲殼各處綻開一道道龜裂痕跡，它的肢體斷裂，噴濺出體液並掉落地面。無論有何等強大的耐久力，無論體積如何龐大，終究不是無限的。持續受到攻擊的『魔王』終於到了極限。

「啊，你們看那邊！有東西跑出來了……」

『魔王』的體表發生一連串爆炸，更加速了整體的崩壞。內部有什麼東西追著被炸飛的甲殼飛了出來。腳踩彩虹圓環，在空中傲然而立——是災禍之伊迦爾卡。

鬼神俯視著傷痕累累的『魔王』，舉起銃裝劍。

「那麼，讓我們結束吧。」

只見它放出一股格外強烈的火焰，轟炎騎槍在空中飛翔。火焰刺進被貫穿的洞口，在『魔王』體內翻湧奔竄之後，在另一側炸裂。

傷勢終於足以致命。『魔王』慘遭蹂躪的內部組織變得斷裂破碎。一旦開始瓦解，就再也止不住。『魔王』體內各處的負荷頓時高漲，導致一連串的組織崩塌。

最後迎接的末路唯有一種可能，儼然城市般巨大的軀體——碎裂了。

從四處噴湧而出的彩虹色光輝耀眼奪目，體液如同瀑布般傾瀉流出，過去被稱作『魔王』的殘骸開始墜落。『魔王』被自身的重量拖曳，狠狠栽向大地，連帶引發了驚人的天搖地動。

激起的塵土覆蓋了天空，震動傳向大樹海的四面八方。森林的魔獸群躁動叫嚷，不約而同地注視著漫天蓋地的塵土。那幅畫面成為這場漫長戰役的休止符，同時亦是某隻魔獸的墓碑。

於是，巨獸沒入大地，戰鬥至此落幕。

# 第七十二話　啟程返回故鄉吧

噴發到高空的塵土，在鐸克特里納・席巴平原地帶投下大面積的陰影。災禍之伊迦爾卡站立在彩虹色圓環上，眺望著塵土描繪出的輪廓。

「結束了呢。」

「對。『魔王』也好，汙穢之獸也罷，大半都被排除了。今後森林的情況也會有大幅度改變吧。首先就是戰鬥的善後處理。」

眼下名為汙穢之獸的強力魔獸幾近滅絕，八成會對魔物森林的勢力版圖造成不小的影響，搞不好會出現新的強敵。不過，那也是以後才需要煩惱的事情。現在更應該關注的是──

「欸，那樣真的好嗎？」

災禍之伊迦爾卡的身側有個巨大水晶球，其內部封著第一次森伐遠征軍的倖存者，兩名亞爾芙人。沒錯，正是『魔王』的中樞部位。

「沒有裝置的話，就不能使用『毀滅詩篇』。既然『魔王』已經死了，在這裡面的就只是普通的亞爾芙人。就這樣讓他們陪葬也教人不忍。不論手段為何，他們終究用自己的方式引導大家活下來了。」

「嗯——這樣啊。小鬼族今後的處境會變得很辛苦呢……」

『魔王』和小王（奧伯朗）雖然有問題，但他們的存在確保了小鬼族的安穩與和平，這也是不可否認的事實。因為在魔物森林生存，最重要的就是擁有相應的實力。經過這一戰後，他們損失了大半強大的兵器群——『魔王』、幻獸騎士和幻繰獸騎，不難想像小鬼族的處境將非常嚴峻。

「嗯。戰鬥雖然結束了，但要處理的事情還堆積如山。總之得先想辦法建立村子的防衛體制。」

「艾爾，你要讓銀鳳騎士團繼續保護小鬼族嗎？」

亞蒂有點驚訝，下意識地反問。

「因為村民們幫忙製造了卡薩薩奇，我沒辦法拋下他們不管。何況他們沒有戰鬥能力。暫時只能動用騎士團的人力了……」

艾爾如此思考，同時讓災禍之伊迦爾卡慢慢前進。就算他是個將人生奉獻給興趣的機器人迷，好歹也是組織的領導者。有義務為集團提出方針，他自己也無意疏忽原本的職責。

「所以你打算住在這裡。嗯——我是不討厭這邊的人啦，可是要一直住的話……」

亞蒂也頗為煩惱。對她來說，艾爾身邊才是自己的容身之處，但光是這樣也稱不上十全十美。假如是在尋找回故鄉手段的時期還情有可原，可是現在他們有飛空船。沒有不回去的選項。

「對了，我有個好點子。由這塊土地的人來保護這塊土地。去試著拉攏巨人族吧。」

艾爾拍了拍手這麼說道。他手上有足夠的牌和巨人族交涉。畢竟他們都剷除了汙穢之獸，甚至打倒了『魔王』。對於信奉實力主義的巨人族來說，銀鳳騎士團已成為不容無視的存在。

「應該可以拜託小魔導師！然後呢？」

艾爾臉上浮現有如花朵綻放般的柔和笑容。

「先回國吧。我想母親他們也都很擔心。當然，這樣的大事有必要向國王陛下報告。如果能夠在博庫斯大樹海內建立領土，勢必需要動員相當多的人數……不，我會讓他們採取行動。」

「啊，你打算丟給別人。」

亞蒂馬上明白過來。艾爾基本上只做自己感興趣的事情，更不惜想盡各種方法來達到這個目的。

「別說得那麼難聽。經營領地不是我的本分，所以才交給很擅長這方面的人。」

「嗯──哎，那樣比較好啦。」

仔細一想，她也不希望繼續留在博庫斯大樹海。如果能和艾爾一起回國，那就沒有任何問題了。

眼睛一轉，看見出雲帶頭的飛空船隊正朝著他們的方位飛來。亞蒂高舉起災禍之伊迦爾卡的手揮動。

「那我們回去吧，亞蒂。」

「好——！」

災禍之伊迦爾卡同樣以銀鳳騎士團為目標，提升了速度。

◆

隨著時間經過，地面的搖晃逐漸平息，噴發到高空的塵土也慢慢散去。當在天上展開的戰鬥餘波淡去，森林終於恢復以往的模樣。

「……結束了。」

在災禍之伊迦爾卡與『魔王』的決戰中，諸氏族聯軍為了躲避『毀滅詩篇』的威脅而暫時撤退。

他們回到經過戰火洗禮的鐸克特里納・席巴平原，眺望著終局的景象。無數栽落地面的汙穢之獸屍骸，以及巍然聳立於遠處的『魔王』殘骸。由於太過巨大，使得原本是平原的鐸克特里納・席巴看起來就像隆起了一座小山。

「汙穢之獸和那個巨大魔獸都被消滅了。吾等……並非無所作為，但也沒成為多大的助力。」

「覆蓋天空的巨獸，竟是由那樣矮小的小鬼族所滅……」

「吾之三眼確實見證了。想必百眼亦看得很清楚。」

當巨人們低聲交談時，一個巨人走到前面。凱爾勒斯氏族的三眼位勇者站在諸氏族聯軍之前，轉頭環視眾人。

「諸氏族聯軍！吾等之提問已得到答案！此即百眼所承認之真實！」

「……!!」

勇者宣布問答終結後，眾人的反應各不相同。有人點頭，有人感到疑惑，也有人表示憤怒

——那憤怒的一群人揚聲抗議道：

「真正應提問之對象是盧貝氏族！問答卻再次被汙穢之獸玷汙！甚至將盧貝氏族捲入汙穢中，使其返還眼瞳！並非由吾等所打敗。如此荒唐之事……無法終結問答。」

附和的聲音此起彼落。諸氏族聯軍提問的對象原本是盧貝氏族，賢人問答理應是巨人族之間的事。但是，這次問答中的異常要素太多了。

「即使是小鬼族……確實也有許多足以打敗汙穢之獸的勇者。這點吾必須承認，但彼等終究不屬於巨人族。」

「如此一來……只不過變成由小鬼族取代汙穢之獸罷了。」

銀鳳騎士團在這一仗中展現了過於強大的力量，甚至滅絕汙穢之獸。也難怪巨人們的眼裡反映出新的不安。

對此，凱爾勒斯氏族的勇者堅定地搖頭否定。

「彼等已成為我凱爾勒斯氏族的同胞。不過是『稍微』小了點，那有什麼問題？」

諸氏族瞇起眼睛，彼此面面相覷。那樣的說法未免太牽強附會。

「即使如此，彼等不是巨人族的事實也不會改變。與汙穢之獸又有何異？」

「不對。彼等與吾等『語言』相通。和只會產生汙穢的野獸本來就不同。」

凱爾勒斯的勇者嘴角揚起笑意，忽然回想起和小勇者相遇時的事情。他的說法並沒有被所有巨人接受，大家依然不停地揣測討論。

「吾等必須講述，必須對話……為了總有一天在百眼尊前能夠展示更美好的景色，方為有智慧者的生存之道。」

諸氏族並非對他所說的話照單全收。另一方面，他們也清楚察覺到一場不同於以往的新型態戰爭即將揭開序幕。那是以言辭交鋒進行問答的戰爭——

就在這時，巨人間掀起一陣嘈雜聲。

他們發現了一群步履蹣跚的巨人正往聯軍所在之處走來。那些巨人們傷得很重，沒有一人毫髮無傷，只能勉強用肩膀支撐彼此，呈現半死不活的狀態。

究竟是哪個氏族蒙受那麼嚴重的損害？諸氏族心懷困惑地看著——凱爾勒斯氏族的勇者在其中發現一張熟悉的面孔，不禁喊道：

「汝是……！還活著啊……盧貝氏族的偽王！」

「咕嗚嗚哦哦哦……凱、凱爾勒斯……」

身軀格外魁梧的巨人張口發出野獸似的咆哮。

五眼位偽王傷痕累累，全身上下均被汙穢侵蝕潰爛，引以為傲的眼睛也爛了三隻。即便如此，他僅存的眼瞳仍燃燒著火焰，靠著一股執念撐住雙腳。

然而，他的傷勢還是太沉重，站在諸氏族聯軍前的偽王終於跪倒在地。即使凱爾勒斯氏族的勇者走近，他也沒有足夠力量起身。

「偽王，還睜得開眼睛啊。五眼位的力量著實驚人。」

「那種……程度，汝以為吾、會因此返還眼瞳嗎……」

偽王強撐著殘留的矜持抬起臉，炯炯有神的眼底沒有放棄的顏色。

看見倖存的盧貝氏族，巨人們靜靜地動了起來，其中還有露骨地拿起武器的巨人。當氣氛愈發緊繃時，凱爾勒斯氏族的勇者先有了動作。他把武器刺向地面，示意背後的人停止行動。

「提問已得到答案，百眼下達了裁決。既然問答終結，就沒有繼續戰鬥的理由。」

聽到勇者這番話，從諸氏族聯軍傳來的戰意消散了。對巨人族來說，提問與答案是重要且神聖的儀式，亦不可違背。可是，對偽王來說卻並非如此。只見他咬牙切齒，不顧嘴角溢出的血泡站了起來。

「什麼答案！吾不承認，不會承認……渺小卑微的東西！該死的小王（奧伯朗）！這種結果怎麼可能會是百眼的旨意……!!」

偽王彷彿擠出肺裡所有空氣般奮力嘶吼，可是很快的，身負重傷的他就再也支撐不住，再次屈膝跪倒。

勇者平靜地對他說：

「汝也親眼見到了吧。此次百眼所降下的試煉中，最後得出答案的是那些小傢伙們。不只汙穢之獸，彼等甚至連那個巨獸都打倒了。百眼明白做出宣告，這才是巨人族最重大之眼！」

偽王沒有回應，只是從口中逸出咆哮。盧貝氏族的巨人們無力癱坐在地，一副茫然失措的樣子。原本是最大氏族的他們，如今只有不到一半的人存活下來。他們的損傷太過慘重，這是超出自身能力的野心的代價？抑或——

「可沒有空間讓汝在這種地方閉上眼睛，偽王。百眼已經揭示了答案。既然汝還統率著氏族，就應該還有要做的事。」

「輪不到……汝來提醒。」

偽王借著另一個巨人的肩膀，總算站了起來。五眼位的肉體剛強堅韌，就算身負重傷也不會死，盧貝氏族的人數雖然遽減，他們仍算是巨人族的一支大氏族。他們不得不繼續往前邁進。

接著，勇者的視線移向背後。『魔王』附近一帶的煙塵遲遲沒有平息，到處都混雜著汙穢之獸屍體散發的瘴氣。每一寸土地都被汙染，淪為任何生物皆無法生存的汙穢之地。

「那是怎麼回事！根本無法輕易靠近。」

「此處將變得寸草不生。」

「汙穢之獸為一切生物的大敵。魔獸不可能永遠只是服從。那個傷痕便是對吾等的告誡……」

結果，和『魔王』戰鬥的地區被嚴密封印。巨人族藉由鐸克特里納・席巴這個地方，展示利用汙穢之獸參與戰鬥的過錯，並且代代流傳下去——

◆

城鎮的大馬路上熙來攘往，到處可以聽見招呼吆喝聲，顯得好不熱鬧。

「有沒有會鍛造技術的人？這邊人手不夠，正在徵人喔——！」

「前面的快讓開！貨車過不去啦！」

「來啊，要開始肢解魔獸了！想買新鮮的肉就趁現在！」

「抱歉，這一帶的房屋還不夠。什麼？可以幫忙建造的話，請到那邊排隊稍候。」

人潮絡繹不絕，整個城鎮的面貌變化令人目不暇給。過去被稱為『下村』的小鬼族村莊，如今正處在激烈的發展與變化之中。這裡已經看不到任何原本貧困粗劣的村落景象。結構堅固的建築物排列得秩序井然，而且還在陸續增加。

此外，城鎮中央甚至開始興建一個媲美巨大要塞的建築物，其四周更築起精簡的城牆。從目前正逐步成形的規模來看，就算拿來與不復存在的『上城』比較，也毫不遜色。

這場在鐸克特里納・席巴展開的賢人問答——日後被稱作『魔眼之變』的戰役，一掃此地糾纏難解的歷史包袱。在宣告過去終結的同時，也意味著新事物的開始。

這個城鎮的發展，也許稱得上是問答後引起的變化中最為顯著的吧。

「喔喔，騎士團長大人！您在這裡啊。關於城鎮的防禦體制問題，有些事想與您商量……」

以前曾是下村村長的老人——現在則是這個城鎮的其中一名首長——見到尋找已久的人物，不禁鬆了口氣。他正在找的銀鳳騎士團團長艾爾涅斯帝・埃切貝里亞，一手拿著盛裝午餐的碗，偏著頭說：

「我們正在商量那件事。應該很快就能得到結論……」

「啊，團長在這裡！船的裝貨要怎麼處理？那些巨人好像有很多意見——」

這時又出現了另一群人，吵吵鬧鬧地一擁而上。他們是銀鳳騎士團的團員，加上原本在場的前村人們，使環繞在艾爾四周的人牆更厚了。

「呃，那也得做些調整。老大那邊……」

「噢噢！勇者，汝在這裡啊。氏族派了使者過來，好像有事情想要請託。」

「…………」

一陣鈍重的腳步聲將嘈雜喧鬧的聲音一分為二。找到艾爾的一眼位侍從當場在馬路邊蹲坐，導致後面滿載貨物的馬車被擋住去路，馬匹發出不滿的嘶鳴聲。被這群『有大有小』的各色人等包圍，艾爾忍不住深深嘆了一口氣。

「嗯——情況比預期來得麻煩多了……」

「大家都很依賴你嘛～」

就連艾爾也無法克制臉上的笑容變得僵硬，身旁的亞蒂則是無奈地聳聳肩。至於為什麼艾爾會被這麼一大群人包圍，原因是出在這個地方的新統治形態。

在戰爭開打的更早之前，下村便經由銀鳳騎士團之手改造成稱得上是城鎮的樣貌。以前就居住在這裡的村民們自然就此定居下來，之後，又有更多從崩毀上城逃過來的人們來到這個新城市。

起初，不僅失去上城，連小王（奧伯朗）也不知所蹤，讓那群人陷入嚴重的混亂狀態。他們之所以能在較短期間內恢復冷靜，應該歸功於銀鳳騎士團居中調解，以及有能夠居住的場所。雖然並非有意為之，但下村的過度開發意外地提供了收容他們的空間。

如此這般，為了集中管理倖存的小鬼族，銀鳳騎士團不得不積極介入。艾爾涅斯帝這個騎士團長變得忙碌也在情理之中。

何況，住在這個地方的種族還不只小鬼族。

艾爾抬頭看向一眼位侍從。巨人族的其中一支氏族，凱爾勒斯氏族也住在這個城鎮裡。

在『魔眼之變』中，參與問答的巨人大半都身負嚴重傷勢。沒有任何一個氏族毫髮無損。其中以曾經是最大氏族的盧貝氏族受創最為慘重。過去的有力氏族在遭受瀕臨滅絕的損傷後，也不得不縮小領地——樹海內的勢力版圖因此產生大幅度變化。

問答結束後，許多氏族都遷移了住所。凱爾勒斯氏族也離開了先前死絕的住處，移居到這個以前屬於盧貝氏族領地的城鎮。他們曾經有一段時間住在下村，是最習慣與小鬼族相依生存的巨人族。

於是，這個新城鎮變成小鬼族和巨人族生活在一起、獨一無二的場所——至於有辦法整頓這一片混亂的人，就非艾爾涅斯帝莫屬。

「侍從先生！我等一下會去找勇者先生談談。還有你們，請幫我向老大傳話。呃，再來是……」

艾爾俐落地將大小事務處理好後，一眼位侍從踏著鈍重的腳步聲離去，團員們也帶著他的口信有說有笑地跑走了。他鬆了一口氣，目送他們的背影遠去之後，唯一留下來的前村長臉色凝重地道：

「唉，騎士團長大人您真的要歸國了……這麼多人混居在一起，我們還能安穩地住在這座城裡嗎？」

「我明白你會感到不安的心情。但請放心，凱爾勒斯氏族的巨人們都很好說話，而且……」

艾爾對前村長微微一笑，然後將視線轉向天空，手指著停留在城鎮外圍上空的巨大飛空船隊。

「回國商量過以後，我們近期內還會再回來一趟。為了讓這裡的小鬼族……不，『小人族（人類）』和巨人族可以一起過更好的生活。畢竟我雖然和你一樣是小人族，但也是凱爾勒斯氏族的一員。」

前村長睜大眼睛，接著緩緩吐出一口氣。這位騎士團長外表看似嬌小可愛，卻總是實行驚人且大膽的手段，而且面對任何事情真誠以待，達成了許多豐功偉業。

「看我只顧著自己的事情……真教人慚愧。我明白了。直到您回來以前，我們也會略盡棉薄之力，努力改善這個城鎮的生活。」

改名為『小人族』的他們和巨人族，將會在這座魔物森林裡建立起新的秩序。此時做出的微小決心，也將孕育出一股發展的洪流——

「真是累死我了……」

「啊哈哈。我來煮晚餐，再稍等一下喔～」

當艾爾回到銀鳳騎士團的據點，已是天色完全暗下來的時候。每走幾步路就會被人攔下並徵求他的意見，這樣一個個妥善處理好後，回過神來，才發現已經這麼晚了。

亞蒂對著無力趴在桌上的艾爾露出苦笑，走到廚房準備晚餐。沒多久，一個人影接替出現在艾爾面前。

「抱歉打擾您休息，艾爾涅斯帝大人。有事情需向您報告。」

如同影子般悄然現身的是藍鷹騎士團的諾拉。

「我已經和那些來到城裡會合的幻獸騎士駕駛者們談妥。今後他們也會協助巨人，加入城鎮的防禦體制。」

「嗯，謝謝妳。這樣就少了一件要擔心的事情了。如果讓巨人單方面占有優勢，小人族也會難以捍衛自己的權利。得讓幻獸騎士多多出力才行。諾拉小姐，住在城裡的人們情況怎麼樣？」

面帶笑容的艾爾這麼問，諾拉則不改平常一本正經的表情答道：

「有幾個從上城過來的人，對巨人抱有強烈的恐懼和抗拒。我派了人監視……不過他們的態度也軟化了。因為已事先散播凱爾勒斯氏族的巨人們不會苛待小人族的傳言，也讓他們親眼看到巨人和前村民們交談的樣子。」

艾爾點點頭。他派出藍鷹騎士團暗中協調城裡的氛圍。不同種族的人們雜居在一起，還是免不了產生很多問題。雖然遲早得靠他們自己的力量解決，不過至少得先創造一個可以和平對話的環境，而他的計畫到目前為止進行得還算順利。

接著，艾爾臉色一沉，接著詢問：

「……發現小王（奧伯朗）的蹤跡了嗎？」

「很抱歉。」

諾拉第一次搖頭否定。即使動員了藍鷹騎士團的力量，還是沒能在樹海中找出小王的行蹤。藍鷹騎士團在人類社會中能夠充分發揮他們的本領，在魔物森林這個地方卻是心有餘而力不足。

「不過，我們在潛入中發現了一項令人感興趣的事實。隨著『魔王』解體，所有幻纅獸騎也停止了運作。那個被稱作『毀滅詩篇』的術式似乎除了操縱魔獸以外，還兼具控制其本身的功能。」

艾爾呼出一口氣，整個人靠到椅背上。

「這樣啊。那麼棘手的裝置也只剩下『魔王』的中樞部位了……那個就交給你們運送。回國後還得知會陛下和亞爾芙那邊一聲。」

「遵命。請放心交給我們來辦。」

諾拉微微彎身行了一禮便退下了。她幾乎沒發出什麼聲音便離開了房間。之後，亞蒂就端著鍋子闖了進來。

「艾爾～有人分了點燉菜給我們喔！還是熱的，一起吃吧！」

「呵呵。香氣讓人食指大動呢。謝謝妳。」

艾爾很快恢復笑容，一起幫忙將餐具擺上餐桌。

忙得焦頭爛額的日子一天天過去。小人族與巨人族雙方慢慢建立起穩定的關係，而另一方面，銀鳳騎士團則是忙著進行啟程的準備。

出雲敞開了船尾處巨大的門，穿著幻晶甲冑的船員們努力將行李運上飛空船。這將是一趟以弗雷梅維拉王國為終點的長途旅行，飛翔騎士和幻晶騎士也做好了萬全的維修整備。

「我們就直接搭那艘船！」

「喂，你們第二中隊喜歡那艘船啊？」

雖然有一部分團員擅自占領船隻，不過準備的過程基本上沒出什麼大問題。

另一方面，凱爾勒斯氏族的巨人們則聚在一起。他們之中的小魔導師和拿布站在稍遠處，與所有人正面相對。

「……汝等當真要去嗎？」

「是，勇者。吾必須知道更多事情。因為今後的凱爾勒斯氏族將和小鬼族……不，和小人族生活在一起。」

巨人族少女環視眾族人一眼，臉上流露出堅決的表情點點頭。她一手輕輕放在眼角處說：

「所以……吾要親眼見證老師的故鄉，並且將所見所聞傳達給族人以及百眼。」

「我已經決定要保護小魔導師了！當然要一起去！」

面對心意已決的少年和少女，勇者默默思考片刻，最後才慢慢地點頭同意。

「好吧。如果那是汝等的決定……吾會以勇者的身分支持。希望日後當吾開啟魔導師之眼瞳時，能夠看見更廣闊的景色。族裡的事就交給吾吧。」

小魔導師和拿布臉上露出喜色。當凱爾勒斯氏族的巨人們向他們道別時，有一群巨人從旁插話道：

「要與小人族一同前去啊。一眼能夠看盡所有事物嗎？那樣難免會出現疏漏之處。」

「唔？弗拉姆氏族……還有諸位，汝等為什麼聚集在一起？」

凱爾勒斯氏族勇者一臉詫異地看著他們。出現在眼前的是弗拉姆氏族的勇者——不僅如此，其他許多氏族的巨人們也成群圍了過來。凱爾勒斯氏族的巨人們正感到疑惑，弗拉姆氏族的勇者便代替眾人走上前。

「吾等也不能只是閉著眼睛毫無作為。今後巨人（吾等）族將會改變，想必小人族就是促成改變的契機吧。那麼，吾等也有必要拓展視野，因此決定要和『虹之勇者』一同出發！」

「唔……」

在巨人彼此談得正熱烈的時候，艾爾小跑著來到他們腳邊。因為他在巨人們的對話中聽見了不能當作沒聽見的字眼。

「請問——？『虹之勇者』指的是什麼？」

「嗯，小人族的勇者啊，這指的就是汝的幻獸。身纏虹彩在天空翱翔，那般英姿自然擔得起勇者的稱號！」

「咦──嗯……唉，怎麼稱呼是你們的自由啦……」

艾爾的心情有點複雜，但還是姑且接受了，他迅速退到一邊。接著老大走了過來，他指著正在交談的巨人們，扯扯嘴角說：

「喂，少年，真的要把那些大傢伙帶上船回去？」

身為船的操縱者，他的擔憂也是理所當然。艾爾想了一下後，表情沉靜地點點頭。

「出雲的承載量還有一點餘裕，多幾個人應該沒問題吧。不管怎麼樣，我們終究得將樹海之中的狀況稟告陛下。與其針對巨人族進行說明，有證據的話，他們會更容易理解。」

「唉，我看又會是一次熱鬧的旅行啦……」

老大聳聳肩，然後就回去指揮船員了。如果巨人要搭乘，最好準備得更周全妥當些。

接著，艾爾朝那群吵吵鬧鬧談得不亦樂乎的巨人們大喊：

「各位──！請聽我說，我們沒辦法把所有想去的人都一起帶走。船載不下，請減少一些人！」

巨人們面面相覷，所有人都是懷著非去不可的想法而來到這裡，沒有任何人肯輕易退讓。畢竟大家都背負著各氏族的未來。

「……那麼，方法就只有一個。」

「問答吧。」
「唔，在此舉行問答即可。如此一來，百眼便會做出裁決！」
「啊，小魔導師和拿布已經確定要去，問答請在其他人之間解決。」
「唔……!?」
就這樣，巨人族之間頓時爆發了一場大混戰，艾爾等人沒有多加理會，自顧自地去進行準備了。

幾天之後——
銀鳳騎士團飛空船隊揚起帆升上了高空。船艙裡除了銀鳳騎士團員，還搭乘了數名巨人。他們正好奇地俯視地面上的光景，一旁已經習慣這些情景的小魔導師，有些得意地向他們一一說明。
船首朝向西方。由出雲領頭，其他船隻尾隨在後。其中有第二中隊的船和藍鷹騎士團的船。飛翔騎士們則負責周圍的護衛。藍鷹騎士團駕駛的機體看上去似乎警戒過頭了，但沒有人在意。
在領頭的出雲甲板上，伊迦爾卡揮舞著旗幟。銀鳳在晴空下燦然翱翔翻飛，跟隨在後方的飛空船陸續啟動了起風裝置。
「那麼……目標是弗雷梅維拉王國，出發!!」

全帆迎風張起，強而有力地推動船隻在空中航行，浩浩蕩蕩地以故鄉弗雷梅維拉王國為目標前進。就這樣，銀鳳騎士團不但平安救出了騎士團長，還獲得了豐厚的戰果。

日後，他們帶回本國的『巨大客人』將會引發一連串騷動——那又是該留待下次機會講述的另一個故事了。

# 閒談　朝著故鄉前進

——時間稍微回溯到銀鳳騎士團踏上歸途之前。

一隻蟲子在魔物森林上空飛行。被分類為決鬥級的巨大身軀，以及形狀有些怪異扭曲的蟲型魔獸——其名為汙穢之獸，別稱是幻繰獸騎。

「……為什麼？」

幻繰獸騎並不具有自我意志。

原因無他，因為這不是自然形成的生命，而是人類為了操縱魔獸，藉由人力加工的存在。

牠遵從命令在空中行進，若是沒有被制止，就會持續不斷地飛下去。

牠不過是機械罷了。

「為什麼活下來了……只有我一個人活下來。為什麼……？」

在幻繰獸騎的駕駛座上，小王（奧伯朗）痛苦地呻吟。

『魔王』強行讓他脫離之後，他有好一陣子處於瘋狂狀態。

但是沒有多久，瘋狂也隨著時間過去而逐漸衰退。

幻繰獸騎早在此前就脫離了『魔王』的力量範圍，可以自由操縱。

而他甚至沒發現這一點，許久都無法擺脫茫然自失的狀態。

「既然要結束、敗亡的話，為什麼不帶我一起走……父親，母親……」

他存活下來。

之所以被迫遠離險境，正是出於父母的意志。鬼神的淫威強大得超乎想像，『魔王』恐怕已毀壞死去了吧。可說是父母本身的『魔王』死去，現在的他也等於失去了一切。

正當他的思緒飄盪在迷惘之中，一陣劇烈搖晃突然襲向駕駛座。

漫無目的地前進的幻繰獸騎撞到了森林中的巨樹。不知如何應對的魔獸停止動作，掛在巨樹的枝幹上靜止不動。小王（奧伯朗）等了一會兒，才慢吞吞地爬出駕駛座，跳到地面上。

他怔怔地環顧四周，一片看似沒有邊際的森林景象躍入眼中。這座森林裡有許多魔獸、巨人，還有人，但是——

「根本沒有我能回去的地方啊。」

他已經沒有任何目的，沒有應該前往的地方，也沒有應該回去的場所。到了這個地步，連小鬼族都不關他的事了。反正他們終究是和自己不一樣的種族。

小王無力地癱坐在樹根旁。就這樣被森林裡的魔獸吞下肚似乎也不錯，當他有幾分認真地這麼想的時候——

「……什麼啊，是魔獸。」

從森林某處傳來魔獸的嚎叫聲，聽起來像是巨大的魔獸，在周圍掀起一陣窸窸窣窣的聲音。這時，他完全忘了上一秒心底產生的念頭，不由得繃緊了神經，手心上顯現出朦朧的光芒。

他身為亞爾芙的直系，能夠不借助外力操縱魔法。

「……這樣啊。是這樣、沒錯。我……因為我是亞爾芙的子民。」

他愣愣地凝視自己的手心，然後赫然回神，轉頭望向西邊的天空。失去了許許多多事物的他，現在除了自己以外，一無所有。

小王搖搖晃晃地站起身，運用魔法躍上樹幹後，來到被卡在中間的幻繰獸騎旁邊。原是一具空殼的半機械構造依照運作原理接納他進入其中。

他牢牢握著操縱桿，自行輸入術式。仍舊沒有感受到來自『魔王』的控制，幻繰獸騎空空如也。不過，身為亞爾芙人的他能夠自己編成『詩』，也就能夠操縱這具空殼。

「必須前往西方，前往舊時同胞居住之地……」

幻繰獸騎清醒過來，發出鈍重的拍翅聲往上浮起。

於是，留在樹海中的最後一隻汙穢之獸朝西邊的天空起飛。一度終結的詩篇再次被重新譜寫。博庫斯大樹海與人類之間的因緣尚未結束——

接續《騎士&魔法 9》

東立輕小說

〈Infinite Dendrogram〉-無盡連鎖-

5 牽繫可能性的人們

©Sakon Kaidou Illustration by Taiki
Originally published by HOBBY JAPAN

作者：海道左近
插畫：タイキ
譯者：黃則霖

**騎鋼之戰奏響終章!!**

**得以叫將(Checkmate)的勝者將屬何方——？**

【破壞王】，出陣。
玲等一眾新手的活躍，讓針對王國的恐攻漸漸平靜下來。然而為求「勝利」而不擇手段的富蘭克林發動了最後的殺手鐧，使大量的怪物開始朝著王國進攻。人數有限，上級〈主宰〉們又受到禁閉，就在王國再度陷入危機之時——那個男人終於出動了!!
『在你今晚所展開的遊戲裡，你犯了一個最大的錯誤——那就是與「我弟弟」及「我」為敵。』

強力上市中！

輕小說

LIGHT NOVELS

# 騎士＆魔法 8

（原著名：ナイツ＆マジック8）

**作者：天酒之瓢**

插畫：黒銀

譯者：郭蕙寧

日本主婦之友社正式授權繁體中文版

【發行人】范萬楠
【出　版】東立出版社有限公司
台北市承德路二段81號10樓　TEL：(02)2558-7277
【劃撥帳號】1085042-7
【戶　名】東立出版社有限公司
【劃撥專線】(02)2558-7277　總機0
【美術總監】林雲連
【文字編輯】謝欣純
【美術編輯】李瓊茹
【印　刷】勁達印刷廠
【裝　訂】台興印刷裝訂股份有限公司
【版　次】2018年11月12日第一刷發行